인어가

도망쳤다

NINGYO GA NIGETA

Copyright © 2024 by Michiko AOYAMA

All rights reserved.

First original Japanese edition published by PHP Institute, Inc., Japan.

Korean translation rights arranged with PHP Institute, Inc.

through BC Agency

이 책의 한국어 판 저작권은 BC에이전시를 통해
저작권자와 독점계약을 맺은 해피북스투유에 있습니다. 저작권법에 의해
한국 내에서 보호를 받는 저작물이므로 무단전재와 복제를 금합니다.

인어가 도망쳤다

人魚が逃げた

아오야마 미치코 장편소설 ― 민경욱 옮김

해피북스
투유

차례

프롤로그	7
1장 사랑은 어리석어	9
2장 거리는 풍요로워	51
3장 거짓말은 멀리	87
4장 꿈은 조용히	133
5장 당신은 확실히	183
에필로그	241
옮긴이의 말	251

프롤로그

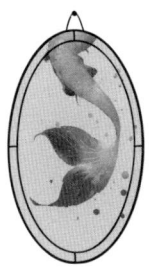

― 죄송하지만, 당신은?

"왕자입니다."

― 왕자? 오늘은 무슨 일로 이곳에?

"내 인어가 사라져서……."

― 인어가.

"……도망쳤어, 이곳으로."

소원 하나를 이룰 수 있다면, 당신에게 어울리는 사람이 되고 싶어.

그렇지만 어떻게?

도대체 누가, 내게 마법을 걸었지?

인도에서 걸음을 멈춘 내 곁으로 오픈카가 지나간다. 도로를 달리는 새빨간 로드스타. 운전석에 앉은 남자는 이미 뒷모습만 보여 얼굴은 알 수 없다. 조수석에는 선글라스를 낀 여자가 살짝 웨이브 들어간 머리를 바람에 휘날리며 늘어선 빌딩들을 바라보고 있다.

3월 마지막 주말의 토요일, 긴자를 관통하는 주오도리

는 수많은 사람으로 붐빈다. 오픈카의 뚜껑을 열기에 딱 좋은 화창한 날씨인데 거리를 걷는 사람의 옷들은 저마다 다르다. 봄의 체감 온도는 각자 다른 모양인지 반소매 블라우스를 입은 젊은 여성도 있고 다운재킷을 입은 아저씨도 있다.

나는 나름 갖춰 입어야겠다는 마음으로 청바지에 버튼다운 흰색 셔츠와 베이지색 테일러 재킷을 맞춰 입고 있다.

남성용 옷 가게 앞에 설치된 스피커에서 요란한 잡음이 흘러나오고 있다. 이어서 안내 방송이 나온다. 목소리가 어눌해 뭐라는지 전혀 모르겠다.

……보행자 천국으로 운영될 예정입니다…… 이용에 참고……

간신히 알아들은 말이 이 정도다. 청바지 주머니에서 핸드폰을 꺼내 시각을 확인했다. 11시 45분이었다.

맞다. 주말이나 공휴일의 긴자 주오도리는 오후 12시부터 보행자 천국으로 전환된다. 지금 그 준비가 막 시작된 듯하다. 도로가 통제되자 승용차나 버스의 통행이 줄고, 교통의 흐름도 한층 느려진다.

눈앞의 남성용 옷 가게 간판을 봤다. 감색 바탕에 레트로한 느낌의 하얀 글자. 자연스럽게 가게 앞으로 다가가 앞에 진열된 폴로셔츠를 잠깐 들었는데 2만 3천 엔이라는 가격표가 붙어있어서 황급히 제자리에 놓았다.

가게 안 포스터에 포즈를 취하고 있는 모델로 보건대 타깃층은 내 아버지뻘인 듯해 아주 조금 안심한다. 스물네 살의 나는 어차피 대상이 아니니까.

그러나 이 고객층의 나이가 되었을 때 2만 엔이 넘는 폴로셔츠를 살 자신이 없다. 고향 대형마트에서만 옷을 사는 아버지도 이런 게 있는지조차 모를 것이다. "도모하루가 입던 거, 내가 입을까?"라며 내 고등학교 교복 재킷을 입을 정도니까.

가게를 나왔다. 길 건너편에 유서 깊은 인기 단팥빵 가게 기무라야가 있다. 여기서 봐도 끊임없이 손님이 들어가고 있다. 서양인 커플이 생글생글 웃으며 가게에서 나와 신나게 대화를 나눈다. 중학생 정도 되려나. 나란히 기무라야 봉투를 들고 있다.

단팥빵이라……. 먼 나라에서 왔으면 틀림없이 기대되겠지.

멀거니 생각에 잠겨있던 순간, 느닷없이 중후한 소리가 들려왔다. 딩. 동. 댕. 동! 마치 학교생활을 떠올리게 하는 차임벨 소리였다. 그 소리는 교차로 모퉁이에 위풍당당하게 자리한 와코 백화점 시계탑에서 흘러나오고 있었다. 이어서 댕, 댕, 댕, 댕 하고 울리는 종소리에 괜히 횟수를 세어보았다. 정확히 열두 번이었다.

12시. 보행자 천국의 시작.

대로에서 차가 완전히 사라지고 파랑, 노랑, 빨강의 신호기만 깜빡인다. 작업복을 입은 아저씨들이 우르르 나타나 테이블과 의자를 늘어놓기 시작했다.

이 사람들, 지금까지 어디 있었을까?

벌써 현실감이 옅어진다. 테이블 가운데 파라솔이 꽂히자마자 곧바로 걷는 자들의 천국이 펼쳐졌다.

때마침 잘됐다 싶어 평소에는 들어서지 못하는 차도로 내려와 와코를 향해 어슬렁어슬렁 걷는다. 작은 해방감과 아주 작은 걱정이 뒤섞인 몸으로.

길을 건너 반대편 인도에 발을 디딘 순간, 에취! 재채기가 터져 나왔다. 천국에도 꽃가루는 날리네. 약도 먹었는데. 그래서인지 잠시 멍하니 있었다. 봄 특유의 현대병을 지긋지긋하게 여기며 재킷 소매로 코를 막는데 낯익은 거구의 남성이 바로 옆까지 다가왔다. 순간 얼굴을 숨기듯 등을 돌리고 말았다.

마이크를 들고 있던 그 남성은 버라이어티 프로그램에 이따금 나오는 개그맨이다.

아, 이름이…… 로브 아키무라였나. 뒤에는 카메라와 기자재를 든 스태프 둘이 따르고 있다.

토요일 낮에 TV에서 방영되는 정보 프로그램 〈주말의 당신〉을 찍고 있다는 걸 바로 알아차릴 수 있었다. 줄여서 '주당'이라고 불리는 이 생방송 와이드 쇼는 시청률도 꽤 높다. 프로그램 초반에는 늘 길 가던 사람을 붙잡아 즉석 인터뷰를 진행하는데, 선택된 사람은 프로그램 안에서 '당신'이라고 불린다.

"봄이네요! 오늘은 긴자 주오도리에 나왔습니다. 곧 새 학기가 될 텐데, 새로운 계절을 맞는 소감을 들어보도록 하죠. 자, 오늘은 어떤 당신이 있을까요?"

그들은 탐색하듯 두리번두리번 주위를 살핀 후 표적을 찾은 듯 서로 눈짓을 교환했다.

"저기요!"

로브 아키무라가 종종걸음으로 달려가며 목소리를 높인다.

마이크를 들이댄 곳에는 묘하게 눈에 띄는 차림을 한 젊은 남성이 있다.

1장 사랑은 어리석어 15

구불구불 웨이브가 있는 길고 검은 머리, 조각 같은 이목구비. 세워진 깃에 화려한 장식이 달린 재킷은 유럽 귀족이나 입을 듯한 복장이었고 여기에 눈이 번쩍 뜨일 정도로 새파란 바지와 긴 검정 부츠를 맞춰 입었다. 그리고 무엇보다 머리에 황금관을 쓰고 있었다.

"안녕하세요! 〈주말의 당신〉입니다. 혹시 잠깐 시간 되실까요?"

번쩍이는 왕관을 쓴 남성은 당황한 얼굴로 마이크를 봤다. 로브 아키무라가 그의 대답을 기다리지 않고 질문을 던졌다.

"실례지만 당신은?"

"왕자입니다."

망설임 없이 나온 대답에 카메라맨은 참지 못하고 웃음을 터뜨렸다.

의심할 여지 없는 왕자 패션이기는 했다. 검은 머리에 검은 눈동자는 일본어를 해도 위화감이 없었으나 오뚝한 콧날과 커다란 눈, 긴 속눈썹에서는 이국의 혈통이 느껴졌다.

자신을 왕자라고 진지하게 소개하는 태도가 오히려 웃음을 유발했을 것이다. 지나가던 사람들도 대놓고 웃었다. 로브 아키무라가 "네?!"라며 과장되게 몸을 젖히고 다시 마이크를 든다.

"왕자? 오늘은 무슨 일로 이곳에?"

"내 인어가 사라져서……."

"인어가."

로브 아키무라가 눈을 크게 부릅뜬다. 눈알이 툭 떨어질 것만 같다.

"……도망쳤어, 이곳으로."

너무나 어두운 표정에 로브 아키무라는 할 말을 잃은 듯 차마 말을 잇지 못한다.

왕자는 와코의 시계탑을 올려다보며 조용히 읊조렸다.

"제한 시간은…… 5시까지."

왕자는 어딘가 먼 곳을 바라보더니 비틀비틀 사라진다.

로브 아키무라는 곧 제정신을 차리고 다시 마이크를 잡았다.

"네! 오늘의 당신은 왕자님이었습니다! 아무래도 인어공주가 긴자로 도망친 모양입니다. 찾으면 좋겠네요. 여러분, 인어공주를 발견하시면 제보를!"

로브 아키무라는 카메라를 향해 엄지를 세우고 윙크했다. 여기서 광고가 시작되는지 안도한 듯 표정을 푼다.

1장 사랑은 어리석어

문득 고개를 드니 조금까지 깜빡거리던 신호등 불빛이 전부 꺼져있었다. 눈을 감은 듯한 세 개의 까만 원은 보고 있자니 기묘한 느낌이 들었다. 마치, 현실 세계가 깊은 잠에 빠진 듯했다. 이렇게 밝고 화창한데 말이다.

기묘한 느낌에 사로잡힌 것도 잠시였다. 배에서 꼬르륵 소리가 났다. 12시가 넘었는데 점심은커녕 아침도 먹지 못했다.

기무라야에 들어가 단팥빵 하나를 샀다. 안에 매실소금 절임이 들어있는 걸 골랐다. 하나만 사도 될지 망설였지만, 점원은 아주 친절하게 포장해 주었다.

아까 봤던 외국인처럼 걸으면서 먹는 사람도 있겠지, 하는 생각이 들었다. 사실 내 기준으로는 조금 사치스러운 가격이었지만, 오늘만큼은 이 정도쯤 허락하기로 했다.

단팥빵을 손에 들고, 와코의 반대 방향으로 걷기 시작했다.

그 왕자는 아마도 연극 연습 같은 걸 하고 있었겠지.

마이크를 쥔 로브 아키무라의 모습이 떠오르면서, 여러 가지 일이 머릿속을 스쳐갔다.

나도 예전에 저 업계에 있었다. 아주 잠깐이었지만. 그곳에서는 카메라를 향해 끊임없이 미소를 지어야 한다.

아무리 아프고 고민이 많더라도.

　고등학교 여름방학, 하라주쿠를 걷다가 연예인에 관심이 없냐며 소속사에 캐스팅되었다. 도심까지 전철로 한 시간 반이나 걸리는 교외에 살던 촌놈이었던 터라 나름대로 도쿄에 대한 동경도, 연예계에 대한 흥미도 있었다. 그래서 가벼운 마음으로 곧장 면접을 보고 소속사에 들어갔다. 외모 칭찬을 듣는 게 기분 나쁘지 않았고 아르바이트하는 셈치고 맡은 광고 모델이나 뮤직비디오 단역 출연이 즐겁기도 했다.
　대학에 진학해 도쿄로 오며 조금씩 일이 늘어나 드라마 단역이나 심야 버라이어티쇼의 게스트, 연극에도 출연하기 시작했다.
　연예인이네!
　TV 방송국의 관계자 출입구 앞에 섰을 때 처음으로 그런 생각이 들어 흥분했다.
　그러나 내게 주어진 스포트라이트는 아주 정말 작았다. 드라마는 어느 신에 등장했는지 나조차 모를 정도였고 예능 버라이어티쇼에서는 제대로 발언하지 못해 2회 출연 만에 스스로 맞지 않는다고 판단하여, 하차했다.

또 연극배우들은 엄청난 열정으로 연기에 목숨을 건다. 기초도 제대로 안 배운 나 같은 사람은 그들의 발목을 잡을 뿐이었다.

극단에 따라서는 역할에 몰입하게 하려고 말도 안 되는 행동을 시키는 단장도 있다. 예를 들면 갓파* 역을 주고 "머리에 접시를 얹은 의상을 입고 연못 근처에 온종일 서 있어."라는 지령을 내린다든지. 그리고 그 일을 통해 무엇을 깨달았는지 단원 앞에서 발표해야 했다.

부끄러웠다. 무엇보다 그런 짓을 한다고 갓파의 마음을 알 도리도 없고 화장실 가기만 힘들어서 정말 괴로웠다. 마지막 공연 날, 관람 후기 종이에 '갓파 연기자가 정말 멋졌어요'라고 써준 관객이 딱 한 명 있었다. 그것만으로 보상받은 느낌이 들어 눈물이 날 만큼 기뻤다.

아까 왕자도 틀림없이 비슷한 상황이었을 것이다. 그렇다면 대단하다. 갑자기 마이크가 앞에 나타났는데도 당당하게 왕자로 행동했으니까.

그 우울한 눈빛이 떠올랐다. 나이는 나랑 비슷할까, 아니면 조금 더 많을까. 잘은 모르겠으나 그는 연기자라는

---

* 물속에 산다고 알려진 일본 전래 요괴.

직업을 자랑스럽게 생각할 것이다.

내게는 그만한 각오가 없었다. 연예인은 그럭저럭 외모만 좋다고 해서 해낼 수 있는 일이 전혀 아니라는 걸 깨달았기 때문이다.

무슨 일이 있어도 비주얼을 유지하고, 다른 사람의 질투나 비난을 견디고, 항상 주위의 평가를 신경 쓰며, 많은 일을 동시에 수행하면서도 머릿속에 다 기억해야 했다. 갑작스러운 요청이나 급한 일정 변경에 쫓기다가도 어떤 날에는 갑자기 소속사에서 연락이 전혀 오지 않았다. 그런 상황이 자신감을 잃게 했다. SNS 팔로워 수도 300명에서 늘지 않았고 업로드하는 것마다 '좋아요'도 얼마 되지 않았다.

그저 부업이라고 생각했다면 그 정도쯤은 개의치 않았을 것이다. 소속사 역시 나를 아르바이트생 정도로만 대했을 테고. 큰 부담 없이 예쁜 여성 동료들과 친하게 지내는 학생 신분일 때까지는 버틸 수 있었다.

그러나 이 일을 본업으로 삼을 거라면, 몸과 마음 모두 상당한 강인함이 필요했다. 평생의 직업으로 삼기에는 너무 불안하고 불확실했으며, 무엇보다 내 안에는 평생 이 길을 가겠다는 투지가 없었다.

얼마 지나지 않아 나는 구직 활동을 시작했고, 작은 광고사에 내정을 받은 뒤 대학을 졸업하면서 연예계에서 완전히 손을 씻기로 했다.

손을 씻는다고 하니 마치 연예계가 나쁜 세계인 것처럼 들려, 실례가 될지도 모르겠다. 분명 좋은 일도 있었으니까…….

나는 사랑하는 사람을 떠올리며 살짝 쓴웃음을 지었다.

그러고 보니, 왕자가 인어에 대해 이야기했었지. 손발이 없는 인어는 원하지 않는 세계에서 벗어날 때, 과연 어디를 씻을까?

리요 씨. 그녀는 내 연인이다.

소속사 은퇴를 결정하고 인사하러 갔을 때 로비에서 우연히 만난 게 그녀와의 첫 만남이었다.

나와 지나치며 그녀는 은은한 미소를 지으며 살짝 인사를 건넸다. 지나치는 사람 누구에게나 똑같이 대했을 텐데 그 모습이 너무나 우아해 나도 모르게 눈으로 좇고 말았다.

사실 그때까지는 리요 씨가 회사를 드나드는 스타일리스트나 헤어메이크업 아티스트 같은 스태프인 줄 알았다.

시원하고 아름다운 외모였으나 옷차림이 수수하고 태도가 조심스러워 다른 연예인처럼 '강한 자기애'를 주장하는 아우라가 느껴지지 않았기 때문이다.

그런데 장갑을 벗는 모습을 본 순간, 심장이 조여왔다. 너무나 아름다운 손이었다. 매끄럽고 하얀 손가락은 가느다랗고, 부드러우면서도 온기가 느껴졌다. 그 손은 움직일 때마다 너무나 우아했다.

"저 사람은 누구예요?" 매니저인 에코다 씨에게 솔직하게 물어봤다.

"아, 손 모델 리요 씨야." 에코다 씨는 흰 털이 섞인 턱수염을 만지작거리며 말했다.

이 소속사에는 손이나 다리 같은 신체 부분 모델들이 있었다. 신체 모델은 상당히 잘나가도 세상에 얼굴이 알려지는 일이 거의 없고 피차 현장으로 직접 가는 일이 많기 때문에 지금까지 몇 년이나 같은 소속사에 있었으면서 전혀 몰랐다.

내가 그녀에게서 눈을 떼지 못하고 있자, 에코다 씨가 "리요 씨!"라고 그녀를 불렀다. 그때만큼 에코다 씨가 쓸모 있는 일을 한 적은 아마 없을 것이다. 그녀는 조용히 미소를 지으며 우리에게 다가왔다.

"여기는 도모하루라고 해. 오늘 그만둔대."

에코다 씨가 나를 소개하자 리요 씨는 온화한 말투로 "저도요."라고 대답했다. 때마침 서로 오늘이 마지막 일이라니. 그 말은 곧, 지금 기회를 놓치면 다시는 만날 수 없다는 소리다.

누가 보면 꼴불견이라고 놀릴 만큼 온갖 수단을 써서 필사적으로 리요 씨와 연락처를 교환하는 데 간신히 성공하고 맹렬하게 대시했다. 여성……만이 아니라 어떤 것에도 이토록 적극적으로 행동해 본 적이 없어서 나 자신도 놀랐다.

그때도 3월 말이었다. 딱 2년 전, 부슬부슬 이슬비가 내린 날로 기억한다.

차나 한잔하자고 보채는 내 제의를 드디어 받아준 한 달 뒤, 리요 씨가 나보다 열두 살 연상이라는 걸 알았다. 아까 본 로브 아카무라처럼 나도 몸을 살짝 뒤로 젖힐 수밖에 없었다.

연상일 거라고 생각했지만, 리요 씨는 훨씬 젊어 보였다. 그녀의 피부는 촉촉하고 화사하며 투명했다. 말이 통하지 않는 일도 거의 없어서, 기껏해야 다섯 살 정도 많지 않을까 생각했다. 그녀 눈에는 내가 풋내기로 보이지 않을까. 가장 먼저 떠오른 불안이었다.

에비스의 호텔 라운지에서 마주 앉아 애프터눈 티를 마시며, 리요 씨는 적은 말수로 느긋하게 내 질문에 대답했다.

그녀는 긴자의 한 가게에서 접객업에 종사하며, 가끔 부업으로 손 모델 일을 한다고 했다.

다른 사람의 말에 귀 기울이는 데 능하고 지식이 풍부한 그녀는, 나긋나긋한 손가락으로 찻잔을 잡는 모습조차 아름다웠다.

"좋아해요."

그날 바로 솔직한 마음을 전했다. 완전히 그녀에게 빠져 다른 말은 생각나지 않았다.

"만난 지 얼마 안 됐는데."

리요 씨는 흠칫 눈썹을 움직이더니 테이블 끝으로 눈길을 떨구고 모호하게 대답했다.

"그럼, 또 만나주세요."

적극적으로 밀어붙여 다음 약속을 잡고 2주 뒤에 같은 장소에서 만났다.

세 번째로 "좋아해요."라는 마음을 전하자, 그녀는 그제야 입을 열어 "고마워."라고 말했다.

고마워?

도무지 무슨 뜻인지 알 수 없어 조심스레 물었다.

"오케이, 라는 뜻인가요?"

리요 씨는 작게, 작게, 아주 작게 고개를 끄덕였다. 꿈만 같았다.

다음 데이트 때 용기 내어 손을 잡았더니 그녀는 뿌리치지 않고 그대로 내게 몸을 기댔다. 그제야 '아, 꿈이 아니구나!' 생각했다. 신비스러울 정도로 아름다운 손가락이 내 손 안에 있다니.

그러나 리요 씨가 사는 맨션을 방문했을 때, 나는 말을 잃고 말았다.

그녀는 도어록이 있는 신축 타워 맨션 12층에 살았다. 모델하우스처럼 세련된 감각의 인테리어, 포근한 소파. 책장에는 어려워 보이는 책들이 꽂혀있고 식기가 명품이라는 건 그쪽과 인연이 없는 나도 알 수 있을 정도였다.

리요 씨는 나이뿐만 아니라 내면과 사회적, 경제적 부분까지 압도적인 어른이었다. 그녀는 긴자의 가장 비싼 지역에 있는 가게에서 책임자로 일한다.

월급 18만 엔, 월세 5만 엔의 낡은 목조 아파트 1층에 사는 나는 아무것도 모르고 그저 감정적으로 행동했을 뿐, 경험도 돈도 없는 애송이였다.

"우리 회사, 인센티브 제도가 있어서 영업 실적이 좋으면 포인트가 꽤 올라."

아무것도 없는 나는 거짓말을 보태어 스스로를 부풀렸다. 숫자는 얼버무리면서 "나 최고 영업 실적을 달성했어!"라거나 "뜻밖의 수입이 생겼어."라고 허풍을 떨었다. 리요 씨와 외식이라도 하는 날에는 여유로운 척하며 반드시 내 지갑을 열었다. 둘이 만날 때의 옷이나 소지품은 부자인 친구에게 빌리거나 메루카리*에서 가격이 확 떨어진 물건을 사들였다. 딱 보기에도 낡아빠진 물건을 "마음에 들어서 못 버리겠네."라고 둘러대기 일쑤였다.

그녀 앞에서 부자 행세를 하느라 점점 궁핍해졌다. 저축 하나 없이 일상을 돌리느라 버거웠다. 그래도 혼자 사는 아파트에 리요 씨를 부를 수는 없었다.

"형이랑 살고 있어. 아버지가 사준 맨션이야."

또 거짓말을 보탰다. 사실 본가조차 임대였고, 형도 그곳에서 살고 있었다.

---

* 일본 최대 중고 거래 사이트.

"방이 두 개나 되고 거실과 부엌도 있는데, 형 성격이 신경질적이라 친구를 못 부르게 하네. 어쩔 수 없지, 뭐."

리요 씨는 특별히 따지지 않았다. 그런 점에서도 어른스러웠다.

그녀는 일주일에 단 하루만 쉬어서 자주 만날 수는 없었다.

하지만 그녀가 먼저 "일하느라 너무 피곤하니까 쉬는 날만큼은 집에서 편히 있고 싶어."라고 말해준 덕분에, 나는 조금 무리해 괜찮은 케이크를 선물로 사가곤 했다.

그렇게 해도 디즈니랜드에 가는 것보다는 훨씬 저렴하게 데이트를 할 수 있어서 대충 얼버무리면서 교제를 이어갈 수 있었다.

리요 씨 집에서 시간을 보낼 때면 밥은 대체로 그녀가 만들어 주었다. 식비를 내겠다고 해도 "다음에 내."라며 매번 그냥 넘겼다.

이래서는 기둥서방이네. 거짓말쟁이 기둥서방.

그렇게 생각하면서도, 너무나 편안한 생활에 안주해 내내 거짓말하며 그녀 곁에 머물렀다.

리요 씨가 멋질수록, 그와 같은 위치에 있지 못하는 내 처지가 더 도드라져서 비참했다.

그저 좋아하는 감정만 생각하면 될 텐데. 상대에게 무언가를 원하거나 요구받는 순간, 왜 이렇게 한심하고 괴로워질까. 도통 그 이유를 알 수 없었다.

한없이 거짓말만 할 수 없다는 것은 잘 안다. 하지만 지금의 나로서는 거짓 외에는 그녀를 붙잡을 방법이 없다고 느낀다.

시간을 벌다 보면 언젠가 기적처럼 그녀와 어울릴 수 있는 사람이 될지도 모른다는, 헛된 몽상을 품은 채로.

주오도리의 인도를 걷다가 다시 차도를 건너 반대편에 도착한다.

내가 찾던 가게가 거기 있다. 망설이고 또 망설인 끝에 마음을 굳히고 오늘 이곳을 방문하려고 긴자에 온 것이다.

TIFFANY&Co.

티파니. 너무나 유명한 보석 브랜드이다. 브랜드를 상징하는 티파니 블루 색 깃발이 바람에 나부끼고 있다.

매장 입구에서는 모녀로 보이는, 분위기가 아주 닮은 두 여성이 나왔다. 어머니 쪽으로 보이는 중년 여성의 하얀 원피스가 눈부셨다. 딸은 브랜드 로고가 찍힌 티파니 블루 색상의 쇼핑백을 소중히 들고 있었다. 유복해 보이는 어머니에게서 선물이라도 받은 걸까.

두 사람의 화사한 표정에 괜스레 위축되고 말았다.

겁먹을 이유가 어디 있어? 나도 저 사람들처럼 쇼핑하러 온 것뿐이야.

스스로를 다독여 보았지만, 발이 도무지 움직이지 않았다.

가게 앞 도로 경계석에는 몇몇 젊은이들이 앉아 스타벅스 음료를 마시고 있었다. 예의 바른 행동이라고 하긴 어렵지만, 보행자 천국이니 이 정도 자유는 용서될 수 있을 것이다.

나는 조금 떨어진 곳에 앉아, 딱히 할 일도 없어 SNS를 열었다. 타임라인에 나타난 트렌드. 가장 먼저 뜬 단어를 보고 피식 웃음이 났다.

#인어가도망쳤다

SNS 민족의 빠른 확산력은 언제나 놀랍다. 조금 전 목격한 〈주말의 당신〉 기습 인터뷰 건이다.

해시태그를 터치하니 올라온 글이 줄줄이 등장했다.

— 왕자 큰일 났네.
— 주당, 못 봤는데 긴자에 인어가 도망쳤어?
— 제한 시간이 5시라니. 인어공주만 물거품이 되려나~. 얼른 찾아야겠네. ㅠㅜㅠㅜ

왕자가 인터뷰에 등장한 화면과 동영상까지 첨부된 글들이 다시 리트윗되고 있었다.

이렇게 짧은 시간에 이렇게 많은 사람이 이 화제에 반응하다니 놀라웠다. TV 방송국의 저작권이나 개인의 초상권 문제는 어디까지가 합법일까. 문득 궁금해졌다.

《인어공주》라. 모두가 아는 안데르센의 동화다.

한눈에 반한 왕자의 사랑을 찾아, 아름다운 목소리를 잃고 가족까지 등진 채 다리를 얻은 인어공주.

어리석은 사랑이었다. 왕자는 결국 이웃 나라의 공주를 선택했다. 어쩔 수 없는 일이었을 것이다. 애초에 인어공주와 왕자는 사는 세계가 달랐으니까.

나는 핸드폰을 닫아 바지 주머니에 넣고 자리에서 일어났다. 티파니의 쇼윈도 앞에 서서 안을 들여다본다.

유리창 너머에는 호화로운 목걸이가 진열되어 있었다. 어떤 보석인지 가늠할 수는 없었다. 푸른빛을 띠는 커다란 펜던트 헤드를 돋보이게 하려고, 체인 부분에도 다양한 색조의 블루 스톤이 장식되어 있었다.

가격표는 보이지 않았다. 애초에 판매용이 아니라, 진열 전용의 상품일지도 모른다.

티끌 하나 없이 깨끗하게 닦인 유리창에 내 모습이 비쳤다. 가방에서 기무라야 봉투를 꺼내 단팥빵을 한 입 베어 물었다.

영화 〈티파니에서 아침을〉의 한 장면을 흉내 낸 것이다. 초반부에 오드리 헵번이 티파니 매장 앞에 서서 쇼윈도를 바라보며 빵을 먹는 장면처럼.

영화 속 뉴욕 5번가와 이곳 긴자 주오도리는 분위기가 닮아있었다. 물론 헵번이 먹은 건 단팥빵이 아니라 데니시였지만.

*

지난주 일요일. 평소처럼 리요 씨의 집에서 지내고 있던 정오, TV에 리모컨을 대면서 그녀가 말했다.

"이상하게 요즘 TV 상태가 좋지 않아서 OTT 서비스를 볼 수 없어."

"그래? 잠깐 줘봐."

리모컨을 조작해 몇 가지를 확인했다.

"TV가 아니라 와이파이가 불안정한 거 아닐까?"

리요 씨는 내 진단을 듣고 깜짝 놀라며 나를 봤다.

"그런 거야?"

"잠깐 내가 해볼게."

시험 삼아 인터넷 공유기를 재부팅하니 모니터에 동그란 로딩 마크가 빙빙 돌다가 OTT 서비스 초기 화면이 탁 나타났다.

그 순간, 리요 씨가 양손 주먹을 살짝 움켜쥐고 외쳤다.

"됐다!"

언제나 차분한 사람인데, 아주 가끔 이렇게 천진난만한 모습을 보여줄 때가 있다. 그 반전이 늘 너무 귀엽다.

솔직히 말하면 다시는 안 해줄 것 같아서 대놓고 말하지는 못했지만, 그녀의 그런 행동을 바라보며 웃음 짓는 순간이 가장 행복하다.

리요 씨는 내게서 리모컨을 받아 화면을 넘기며 영화 제목을 하나씩 살펴보다가, 오드리 헵번 영화 특집 채널까지 흘러갔다.

〈티파니에서 아침을〉의 섬네일에 하얀 테두리가 생겼을 때 리요 씨는 재생 버튼을 눌렀다. 특별히 '이걸 보자'라고 마음먹은 게 아니라 어쩌다 누른 느낌이었다.

곧바로 영화가 시작되고 주제가 〈문 리버〉가 거실에 흐르기 시작했다.

"리요 씨는 이 영화 본 적 있어?"

"아니. 그러고 보니 〈로마의 휴일〉은 봤는데 이건 안 봤네. 도모하루는?"

"난 둘 다 아직. 이제 봐야지."

제목도 제대로 모르면서 마치 볼 계획이라도 있었던 것처럼 일단 떠들었다. 거짓말로 불고 있는 풍선이 언제 터질지 몰라 불안해지기 시작했다.

처음 본 헵번의 영화 〈티파니에서 아침을〉은 옛날 영화라 화질이 좋지 않았지만, 그 낮은 화질이 오히려 작품의 품격을 높여주는 듯했다. 클래식하고 우아하게.

함께 고전 영화를 보고 있으면 그녀의 세계에 잠시 발을 들인 기분이 들어 기뻤다. 하지만 동시에 리요 씨는 내가 닿을 수 없는 먼 곳에 있다는 콤플렉스가 자꾸만 자극되었다.

리요 씨는 이 영화에 슬쩍 등장해도 위화감이 없을 것이다. 그러나 저 안에 나는 분명히 없을 것이다.

헵번이 연기한 여주인공 홀리는 티파니를 제일 좋아한다며 여러 번 칭찬한다. 티파니에 오면 정신을 놓게 된다든지 최고라든지 혹은 여기 오면 마음이 편안해진다든지. 너무나 독특한 인물이라 조금 당황했는데 더 인상적인 일이 벌어졌다.

영화 후반부, 상대 남자 배우와 헵번이 티파니에서 데이트하는 장면이 흐를 때였다. 화려한 가게에서 보석들이 빛나고 있고, 둘과 대화하는 직원조차 상류층 사람처럼 보였다.

리요 씨는 그 장면을 보며 혼잣말처럼 중얼거렸다.

"……멋지다."

나는 포커페이스를 유지했으나 그 말을 듣고 심박수가 단숨에 솟구쳤다. 나에게 들으라고 한 말이 아닌, 리요 씨 마음의 소리였다. 자신이 중얼거렸다는 사실조차 자각하지 못한 것 같다. 그래서 나는 더 못 들은 척했다.

그녀가 내게 뭔가를 조른 적은 한 번도 없다. 당연히 보석도. 생일이나 크리스마스에 선물로 받고 싶은 게 있냐고 물어도 늘 "딱히 없어."라고 대답했다. 곤란해진 나는 늘 꽃다발과 함께 "좋아해요."라는 말을 강력하게 덧붙일 수밖에 없었다.

그런 거였나. 리요 씨는 티파니를 좋아했구나.

숨은 보물을 찾아낸 듯한 기분이 들어 기뻤다.

꼭 기억해 두자. 열심히 돈을 모아 언젠가 꼭 선물하자.

일은 영화를 다 보고 난 뒤에 벌어졌다. 저녁 식재료를 사려고 리요 씨의 맨션 근처 슈퍼마켓에 갔다가 돌아오는데 뒤에서 누군가 리요 씨의 이름을 불렀다.

무심코 돌아본 나는 이내 눈을 부릅뜨고 말았다. 가부키 배우이자 드라마 주연도 맡는 인기 배우 기요스케가 있었기 때문이다. 쉰 살이 다 되었을 텐데도 몸이 다부져서 젊어 보인다.

"어머, 오랜만이네요."

조그만 목소리로 고개를 숙이는 리요 씨에게 기요스케는 미소를 지어 보인 후, 나를 힐끔 보며 말했다.

"남자 친구인가?"

리요 씨는 입가를 살짝 들어 올렸을 뿐, 부정도 긍정도 하지 않았다. 그 순간, 욱하는 마음이 생긴 내가 나서서 대답했다.

"그렇습니다."

그러자 기요스케는 씩 미소를 지었다. 어쩐지 바보 취급을 당한 느낌이 들어 그를 노려봤으나 그는 전혀 개의치 않고 신사적으로 말했다.

"처음 뵙겠습니다."

어떻게 대응해야 할지 망설일 틈도 없이 기요스케는 "그럼 이만."이라며 한 손을 올리고 차도 옆에 세워둔 은색 벤츠로 다가갔다. 운전석에 있던 보브커트의 여성이 리요 씨를 보고는 가볍게 인사한다. 세련된 셀럽 같은 느낌이다.

인사를 나눈 뒤 리요 씨가 말했다.

"……집이 이 근처야. 우리 가게 단골이고."

변명하듯 황급히 말을 둘러대는 리요 씨의 이런 모습을 처음 봤다.

"그래서?"

차갑게 되묻는 내 모습은 내가 생각해도 낯설었다. 리요 씨는 자연스럽게 대답했다.

"그러니까 별일 아니라고. 우연히 만나서 인사했을 뿐이야."

기요스케는 긴 티셔츠에 반바지의 편한 평상복 차림이었으나 그조차 나와는 비교할 수 없을 만큼 고급 브랜드

일 것이다. 끓어오르는 초조함을 필사적으로 억누르며 대답했다.

"저 여자, 기노스케의 부인이야?"

"기노스케 씨는 독신이야. 저 사람은 매니저인데 사촌 동생이라더라."

"그래? 아주 잘 아네."

리요 씨는 몇 초 동안 침묵한 뒤 지극히 평온한 무표정으로 말했다.

"그래서?"

말문이 막혀 고개를 돌리고 하하하, 일부러 크게 웃었다.

"저런 사람이랑 결혼하면 좋겠네."

간신히 내뱉은 말이 내 스스로를 찔렀다.

"······그러네."

리요 씨는 무미건조하게 답하고 천천히 걷기 시작했다.

그러네?

설마 동의할 줄은 몰랐다.

둔기로 머리를 얻어맞은 느낌이었다. 리요 씨의 그 담담한 표정은 늘 나를 기죽게 한다.

은연중에 '너는 어린애야'라는 말을 하고 있는 것 같았다. 기요스케에게 제대로 인사하지 않고 대드는 태도를 보인 데다 가십을 좋아하는 애처럼 캐묻기까지 했으니.

그렇다면 대놓고 혼을 내. 좀 더 감정을 드러내고 얘기해. 진짜 마음을 알려줘. 얼버무리지 말고. 흘려보내지 말고. 어른처럼 굴지 말고.

우리는 어색한 분위기 속에서 맨션까지 돌아와 가볍게 식사하고는 특별한 대화 없이 그날 데이트를 마쳤다. 그걸로 끝이었다.

리요 씨에게 어울리는 사람은 분명 기요스케 같은 남자일 것이다. 어른스럽고 부자에다가 여유도 있고……. 유명인이면서 권력도 있다. 리요 씨의 주위에는 저런 남자가 잔뜩 있겠지.

그렇게 되고 싶었다. 리요 씨에게 어울리는 사람이.

그대로 연예계에 남아 열심히 노력해서 인기가 많아졌다면 달라졌을까. 열두 살이나 차이가 나더라도 리요 씨는 나를 애 취급하지 않고 남자로 인정했을까.

연예계 입구에서 강판당하고 기업에서 일하나 출세할 것 같지도 않은, 모든 게 어정쩡한 내가 새삼 한심했다.

아무리 내가 발버둥을 쳐도 리요 씨 주변에 있는 사람들과는 상대가 되지 않는다.

리요 씨는 틀림없이 내가 부족하다고 생각하고 있겠지.

밖에서 데이트하지 않게 된 것도, 식비를 내지 못하게 하는 것도, 갖고 싶은 걸 알려주지 않는 것도, 내게는 그녀를 만족시킬 만한 걸 살 수 없다고 생각하기 때문일 것이다.

"좋아해요."라는 내 말에 "고마워."라고만 답하는 것도 그녀가 품은 마음의 거리를 드러내는 게 분명하다.

"나도 좋아해." 사실 나는 그녀에게 이 말을 한 번도 듣지 못했다.

사는 세계가 다르다. 내가 리요 씨를 만족시킬 수 있는 어른이 되려면 시간이 얼마나 걸릴까. 그때까지 기다릴 수 없다. 서둘러야 한다.

우물쭈물하다가는 이렇게 멋진 사람을 빼앗길 것이다. 그 전에 빨리, 어서 내 아내로 삼아야 한다. 약속만이라도 할 수 있다면. 일단 그녀의 미래를 묶어둘 수만 있다면.

그래서 마음먹었다.

당장 티파니 반지를 리요 씨에게 선물하기로. 그 아름다운 손에 맞는, 약혼반지를.

바로 다음 날, 월요일이 되자마자 일을 끝내고 바로 긴자로 튀어가 문 닫기 직전의 매장으로 뛰어들었다.

여기서 파는 보석이 얼마 정도인지 미리 알아보지 않았다. 기세로 들이닥치지 않으면 스스로 제동을 걸 것 같아서.

5만 엔 정도, 아니, 분발해서 10만 엔 정도는 내야 할까. 신용카드 할부로 어떻게든 해결할 수 있을 것이다.

가게에 들어가 반지 담당 직원과 대화하는 동안 유리 진열장 너머에서 '이게 좋겠다!'라고 바로 감이 오는 반지를 발견했다. 보석 디자인도, 그 반짝임도 리요 씨를 위해 만들어진 것처럼 보였다.

그 반지의 가격은 48만 엔이었다.

이만큼이나 비싸구나. 의욕으로 가득했던 내 마음에서 푸시식, 바람이 빠지고 말았다. 티파니를 함부로 본 세상 물정 모르는 자신이 한심했다.

다른 반지를 찾아봐도 이거다 싶은 게 없다. 제일 싼 25만 엔짜리 반지는 리요 씨의 아름다운 손가락에 너무 초라할 것 같았다.

"……더 생각해 볼게요."

점원에게 싹싹하게 웃어 보이고 가게를 나왔다.

역시, 못 이룰 사랑인가. 곧장 발걸음을 옮겨 터덜터덜

역으로 향했다. 밤의 긴자는 경쟁하듯 건물 안팎에서 밝은 빛을 쏟아내 빌딩 자체가 커다란 조명기구처럼 보였다.

어깨를 축 늘어뜨린 채 걷고 있는데, 앞에서 화려하게 차려입은 아주머니가 마주 걸어왔다. 백발에 검은색 커다란 펠트 모자를 쓰고, 잔주름이 가득한 보라색 원피스를 입고 있었다. 귓불에 번쩍거리는 금색 귀걸이도 엄청나게 크다. 그녀는 딱 봐도 부자인 것 같았지만, 기분은 영 좋지 않아 보였다. 그냥 걷고 있을 뿐인데도 이마를 잔뜩 찌푸리고 입을 쑥 내민 채였다.

돈이 많으면 모든 걸 해결할 수 있을 텐데, 그래도 행복하지는 않은 걸까?

그녀와 스쳐 지날 때 휴대전화 벨소리가 들렸다. 아주머니가 눈살을 찌푸리며 핸드백을 연다. 안에서 핸드폰을 꺼내는 그 틈에 봉투가 툭 떨어졌다. 그녀는 알아차리지 못하고 "여보세요!"라며 전화를 받으며 걷기 시작하더니 성큼성큼 가버렸다.

"저기, 이거 떨어뜨리셨어요!" 나는 급히 말을 걸었으나 아주머니는 못 들은 듯하다. 아주 고압적인 태도로 전화 상대와 이야기하고 있다.

"그래서 내가 말했잖아! 상대를 신중하게 고르라고. 어째서 너는 매사 그 모양이니? 해고 사유라고, 해고!"

저 무시무시한 상사 밑에서 일하다 실수를 저지르고 해고당한 부하를 안타깝게 여기며, 나는 그녀가 떨어뜨린 봉투를 주웠다.

은행 봉투였다. 현금 인출기에서 돈을 찾고 봉투에 넣은 뒤, 닫지 않은 채 핸드백에 넣은 모양이었다. 만 엔짜리 지폐 한 장이 살짝 튀어나와 있었다.

황급히 고개를 들었는데 아주머니의 모습은 사라지고 없었다. 모퉁이를 돌았나, 아니면 가게에 들어갔나.

갑자기 혈액이 정신없이 온몸을 도는 것처럼 심장이 미친 듯이 뛰었다. 온몸이 화끈거려 봉투를 든 손이 아플 지경이다.

슬쩍 주위를 살폈으나 나를 보는 사람은 없다. 모두 자기 일에 바쁜지 발걸음을 재촉하고 있을 뿐이다.

어쩌지?

긴자 도로 입구 교차로에 벽돌 건물의 파출소가 있다.

그러나 나는……

그 봉투를 재킷 안주머니에 쑤셔 넣었다. 단숨에 교차로를 등지고 잰걸음으로 지하철 출입구를 통해 계단을 내려가 역 화장실 한 칸에 뛰어든다. 그리고 봉투를 꺼내 떨리는 손가락으로 지폐를 셌다.

딱 50만 엔이, 들어있었다.

원하던 대로, 기적이 일어났다. 지금 필요한 액수가 바로 내 앞에 날아든 것이다. 온 땀구멍이 열리고 땀이 일제히 분출했다.

이건, 이건 어쩌면, 신의 선물이 아닐까? 아! 틀림없어. 행운의 여신이 응원해 주는 거야. 분명히!

아마 그 아주머니는 사업에 크게 성공한 부자라 50만 엔쯤은 큰돈도 아닐 거야. 나는 분명히 떨어뜨렸다고 말했어.

나는 크게 숨을 내쉬고 화장실 천장을 바라본다.

미친 것 같았다. 신의 선물이 아니라 악마의 덫이라는 자기 목소리를 무시할 정도로. 속으로는 다 알면서 양심과 맞바꿔 봉투를 숨겨 도둑이 되려 하고 있다.

너무나 가지고 싶은 거니까.

고가의 반지를, 리요 씨의 마음을, 우리 둘의 미래를.

*

"······아름다운 장식품이야."

바로 옆에서 소리가 나 퍼뜩 정신을 차린다.

옆을 보니 아까 와코 앞에서 본 장발의 왕자가 나와 나란히 쇼윈도를 보고 있다.

"이 보석의 색깔은 그녀의 눈동자를 떠오르게 해……. 내 성을 둘러싼 푸른 바다도."

굉장하다. 역할에 완전히 몰입해 있다. 고귀한 분위기가 진짜 왕자 같다.

문득 연기 연습에 동참해 보자는 생각이 들어 불쑥 말을 걸었다.

"바다 옆 성에 사시는 왕자님이시군요."

"……그래. 난, 아무것도 몰랐던 왕자야."

왕자는 고뇌에 찬 표정으로 유리창에 살짝 손가락을 댔다.

"내 인어는 아무 말도 해주지 않았어."

좋은 연기자다. 왕자의 고독이 전염되는 느낌이었다. 슬픔이 스며들어 마음이 절절해진다.

"……그 마음 알아요. 제 연인도 언제나 얼버무릴 뿐, 아무 말도 안 해줘요."

"속내를 살피는 일은 힘들지, 동지여."

왕자는 살포시 나를 안는다. 고상한 향수 냄새가 난다.

이런 데서 왕자와 공감하다니 웃기기도 하고 감동적이기도 하다.

왕자는 내게서 몸을 떼고 다시 보석을 바라본다.

"그렇지만…… 제대로 알려줬으면 좋았을 텐데. 잃어버리고서야 알다니, 이보다 슬픈 일이 있을까?"

"저…… 인어공주는 말을 못 하잖아요."

"말할 수 없더라도 알릴 방법은 있었잖아."

맞는 말이다. 목소리가 아니더라도 글이나 그림, 몸짓이나 손짓으로. 왕자는 입술을 떨며 말한다.

"나한테만은 말해줬으면 좋았을 텐데……."

"그러니까 그건……."

갑자기 인어공주를 옹호하고 싶어졌다. 인간이 되지 못하면 왕자와의 사랑은 이룰 수 없다고 생각한 그녀의 애틋한 마음을 알 것 같았기 때문이다.

인어공주는 왕자와 같은 종족이어야 한다고 생각했을 것이다. 바다에서 왕자를 구한 사람이 자신이라는 사실을 알리지 못한 이유도 혹시 인어라는 걸 알면 싫어할까 봐 불안했기 때문일 것이다.

월요일에 주운 50만 엔짜리 봉투가 재킷 주머니에서 열을 내고 있다. 나는 인어공주에게 공감하며 조심스레 말했다.

"인어는 당신이라 더 말하지 못했을 겁니다. 있는 그대로의 자신은 당신이 좋아하지 않으리라고 생각하지 않았을까요?"

그러자 왕자는 눈을 동그랗게 뜨고 고개를 크게 저었다.

"왜?"

"네?"

왜?

왕자의 질문에 나는 대답할 수 없었다. 왕자는 단호하게 말을 이었다.

"난 그 애가 그 애라서 사랑했어. 그랬는데 자기 혼자 마음대로 착각하다니 너무하잖아."

왕자는 눈물이 고인 눈으로 나를 봤다.

마음을 꿰뚫는 듯, 칠흑 같은 그 눈동자를 보자 나도 울음을 터뜨리고 싶어졌다. 마치 내게 던져진 말 같아서.

내 마음대로 착각하고 있었나?

이런 나로는 안 된다고. 사랑받지 못할 거라고. 그걸 정할 사람은 리요 씨인데.

"좋아해요."라고 말하는 내게 "고마워."라고 대답한 리요 씨. 그녀에게 나는 부족한 게 아닐지 늘 걱정했는데 사실은 그 반대였을지 모른다. 나 혼자, 부족하다고 생각한 것이다. 그녀의 "좋아해."라는 한마디를 너무 듣고 싶어서.

그녀가 내 고백을 받아들였을 때 어떤 마음으로 그 말을 했는지, 그 마음을 제대로 이해했나?

연예인을 좋아했다면 소속사를 관둔 나를 받아주지 않았을 것이다. 부자가 좋았다면 주위에 얼마든지 있는 남자를 만났을 것이다. 지난 2년이라는 시간에 말로 표현하지 못할 그녀의 애정이 가득했다.

소파에 누워있으면 더 편하게 있으라며 내 머리에 대준 쿠션. 초봄이면 꽃가루 알레르기에 좋다며 켜준 아로마 초. 포옹할 때 등으로 느끼는 강하면서도 부드러운 손가락의 느낌.

"좋아해요."
"……고마워."

생각났다. 그때 리요 씨의 표정. 그녀는 똑바로 내 눈을 봤다. 그리고 내 가슴에 살짝 손을 얹었다. 그 행동에서 그녀의 두근대는 기쁨을 왜 읽어내지 못했을까?

부족함은, 없었다. 그녀는 분명 나에 대한 따뜻한 긍정을 건넸다.

나는 왕자에게 말했다.

"말없이 상대의 마음을 아는 일은 정말 어려워요."

왕자가 이쪽을 바라본다. 낮의 햇살을 받은 그의 왕관이 화려하게 빛났다. 나는 말을 이었다.

"그래서 더 눈과 몸짓으로 드러내는 그 사람의 마음을 놓쳐서는 안 돼요."

음. 왕자는 낮게 신음했다.

"……맞아. 나의 그 애도 눈동자로 말할 때가 있었지."

왕자는 인어공주와의 추억을 되짚는 듯 미소 짓는다.

"그러네. 내 마음대로 안다고 생각하지 말고 더 깊이 그녀의 마음을 알려고 했어야 했어."

온화하게 말하며 그는 내게 고개를 조용히 돌렸다.

"당신에게 신의 축복이 있기를."

나도 대답한다.

"고맙습니다, 왕자님. 당신에게도."

《인어공주》의 왕자는 빠져들 듯한 맑은 눈으로 나를 바라보고는 조용히 사라졌다.

나는, 지나치던 청년 역할을 제대로 연기했다는 생각이 들었다. 정말 오랜만에. 배우 일을 힘들게만 여겼던 그때와 달리 묘한 충족감을 느끼며 왕자 역할의 그에게 진심 어린 응원을 보냈다.

지금, 내게 걸린 나쁜 마법을…… 주술을 풀자.

리요 씨를 붙잡는 데 필요한 것은 거짓된 부로 얻은 허세와 약속이 아니다.

지난 거짓말들을 사과하고, 있는 그대로의 나를 알리자. 그리고 나의 '소중한 가족' 이야기를 제대로 해주자. 마을 공장에서 일하는 근면한 부모님을 존경하고 언제나 느긋한 형도 좋아한다고.

리요 씨를 사랑한다. 그저 사랑하고 있다. 그게 내가 가진 '진심'이었다. 단 하나이자 모든 것.

리요 씨를 내 아파트로 초대하기로 마음먹고 핸드폰을 꺼낸다.

[오늘 밤, 만날 수 있어요?]

그녀에게 메시지를 보내고, 심호흡한 후 미소를 지었다.

그리고 주머니에 든 봉투를 단단히 움켜쥐고 긴자 도로 입구의 파출소로 향해 달리기 시작했다.

2장

거리는 풍요로워

공주가 되고 싶었어.

아름다운 드레스를 입고 화려한 물건들로 둘러싸인 성에서 살면서…… 왕자님에게 사랑받고 싶었어.

티파니 매장에서 나오는데 쌩 강한 바람이 불어왔다.

고개를 숙이고 봄의 심술에 흐트러진 앞머리를 정돈한다. 정성껏 손질한 머리가 엉망이 되었다.

쉰을 넘기니 머리카락에 힘이 없어졌다. 윗머리 볼륨이 자꾸 죽고 가르마 사이로 보이는 두피가 이상하게 거슬린다.

어릴 때부터 숱이 많아 어머니가 늘 "이쓰코의 땋은 머리는 밧줄 같아."라고 말했을 정도라 이런 날이 올 줄은 정말 몰랐다. 브러시로 머리를 열심히 세워 자연스럽게 보이려 노력했는데. 금방 불어온 바람마저 일부러 날 골탕 먹이려 한 게 아닐까 싶었다.

나란히 걷는 딸 나오는 이마가 훤히 보여도 상관없다는 태도로 가게에서 받은 티파니 쇼핑백을 들고 말했다.

"마키가 좋아하겠지?"

두 집 앞에 사는 소꿉친구의 결혼 축하 선물이다. 며칠 전에 고른 글라스페어 잔의 각인이 완성되었다고 해서 찾으러 왔다.

화창한 주말, 긴자는 혼잡했다. 활보하는 사람들 속에 있다 보면, '나'를 조금 잃는 기분이 든다.

차도에서 시끄럽게 떠드는 고교생 그룹을 곁눈질하며 인도를 걷는다. 이 시간대 주오도리는 전부 개방되어 어디를 걷든 자유다. 그런데도 왜 인도에서 벗어날 마음이 생기지 않을까.

"아직 시간 남았지?"

나오의 질문에 손목시계를 봤다. 이따가 호텔 로비에서 열리는 미술 전시회에 갈 예정이다. 전시 외에도 1시 반부터는 라운지에서 아티스트가 참석하는 미니 토크쇼가 열린다.

"응. 이제 곧 1시야."

올해로 스무 살이 된 나오는 손목시계를 차지 않는다. 생일에 사줬는데 "필요 없어."라고 했다. 가지고 있는 핸드폰이 더 정확하다고. 듣고 반박할 수 없었다. 그래 놓고 둘이 있을 때면 꼭 내게 시간을 확인하는 건 왜일까.

내가 젊었을 때 손목시계는 일종의 지위를 상징했다. 시아버지에게 물려받은 남편 유스케의 롤렉스가 300만 엔이라는 사실을 알았을 때 나오는 시계에 몇백만 엔씩을 쓰다니 도무지 이해할 수 없다며 고개를 저어댔다.

"그럴 돈이 있으면 저금할 거야. 손목에 차는 조그만 시계보다 미래의 시간이 더 중요해."

물건보다 돈. 그렇게 생각할 수밖에 없을 만큼 요즘 젊은이에게는 이 사회도, 어른도 신용할 수 없는 모양이다.

나오는 주오도리를 똑바로 걸으면서 두리번두리번 주위를 살폈다.

"인어, 없나?"

조금 이른 점심을 먹을 때 나오가 확인한 SNS 화제를 말하는 거다. 식후 디저트를 기다리면서 핸드폰을 열고는 "긴자에 인어가 나타났대."라며 웃었다.

나오의 말로는 〈주말의 당신〉이라는 TV 정보 프로그램에서 기습 인터뷰를 받은 남성이 자신을 '인어공주를 찾는 왕자'라고 했단다.

오랜만에 먹는 이탈리아 음식이라 위가 부대껴 제대로 집중해서 듣지 못했으나 대충 정리하면 그런 내용이었다.

나오는 지나가는 사람들을 살피며 가방에서 핸드폰을 꺼내더니, 다시 SNS 앱을 연다. 점심시간 때보다 더 화제가 된 듯 내게 핸드폰을 내밀어 왕자 사진을 보여주었다.

세워진 옷깃의 새하얀 왕자 패션에 황금 왕관. 커다란 눈동자는 촉촉하게 젖어있었고 구불거리는 검은 머리카락은 기품이 있었다. 그러나 도쿄 한복판에서 '나는 왕자'라니 '인어공주가 도망쳤다'라는 말을 진지한 표정으로 하다니 아무래도 정상은 아닌 듯하다.

"잘생겼는데 아깝다."

나오는 웃으며 말하더니 진지한 표정을 지었다.

"어쩌면 방송국이 꾸민 일일지 몰라. 아니면 이 왕자, 유튜버 아닐까? 어딘가에 다른 카메라가 있었을 수도 있어."

TV 방송국이 꾸민 짓……. 그래. TV 정보라는 건 어디까지가 진짜이고 가짜인지 모를 일이다. 그렇게 생각했는데 다음 순간 걸음을 멈추고 말았다.

"아! 내과자 녹화하는 거 까먹었다!"

토요일 저녁에 하는 요리 프로그램이다. 집에서 만들 수 있는 화과자 레시피를 알려주는 〈내 화과자〉라는 프로그램이다. 줄여서 내과자. 초대 손님도 다양해 늘 기대되는데 격주 방송이라 종종 까먹는다.

"그런 거야 다시보기로 보면 되잖아."

나오가 달래듯 말했고 우리는 다시 걷기 시작했다.

그야 그렇지만.

다시보기가 있어서 그나마 다행이지만 영 찜찜하다.

나오는 드라마와 버라이어티 프로그램 모두 아예 '놓친 방송' 다시보기로 본다는 전제가 있는 듯하다. 그러면 '놓친 방송'이 아니지 않나? 게다가 시간을 줄이려고 배속으로 보기도 해서 정말 놀랐다. 제작진은 여운이나 침묵 같은 것도 다 계산에 넣어 열심히 만들었을 텐데.

내가 20대였을 때는 보고 싶은 프로그램이 방송될 때 집에 없으면 VHS 테이프로 녹화해야 했다. 남은 테이프와 녹화 시간이 맞아떨어지는지 늘 걱정이었고 당시 비디오 기기는 갑자기 편성 시간이 바뀌어도 원래 맞춰 놓은 시간에 녹화되는 사건이 종종 일어났다. 예상보다 야구 중계가 길어져 시간이 틀어지면 손꼽아 기다린 드라마가 중간까지밖에 녹화되어 있지 않았다. 그럴 때는 진심으로 TV 방송국에 항의하고 싶었다.

직장 생활을 할 때는 다음 날 회사에 가서 "제대로 녹화한 사람 있어?"라며 부서를 돌아다녀 성공한 사람의 테이프를 빌렸다. 맞다. 테이프 덮어쓰기를 막으려고 테이프 탭을 부러뜨리기도 했다. 생각하니 즐거운 추억인데 이런 얘기를 해봤자 딸은 전혀 모를 것이다.

지금은 자기 맘대로 '시간 설정'을 하는 시대이다. 일분일초에 매달리고 우왕좌왕하던 시대와는 다르다.

띠링. 나오의 핸드폰이 울린다.

"아, 다행이다. 마키, 오늘은 집에 있대."

조금 전 티파니 매장을 나올 때 마키에게 메시지를 보냈는데 답장이 온 모양이다.

"아슬아슬했는데 그래도 시간이 맞아 다행이야. 오늘 집에 가면 줘야지."

소꿉친구는 결혼해 가정을 이룬다는데 이 아이는 내일 홀로 멀리 떠난다.

나오는 고등학교를 졸업하고 단대* 패션미용학과에 들어갔다. 전부터 관심이 있었던 헤어메이크업을 공부하고 싶다며 선택한 것이다.

그리고 2학년 여름방학, 교환 학생으로 뉴욕에 갔다. 미국에는 나오가 다니는 단대와 제휴한 전문학교가 여럿 있었다. 커리큘럼의 일부인 교환 학생 제도는 딸이 단대를 지망한 이유이기도 했다.

뉴욕에 머무는 동안, 나오는 한 헤어메이크업 아티스트를 만났다. 전문학교에서 강사로도 활동하고 있는 그 아티스트는 주로 무대 메이크업을 맡고 있다고 했다. 나오가 다니던 학교의 졸업생 중 한 명이 그 '선생님' 밑에서 조수로 일한다는 이야기를 듣고, 나오 역시 유학 전부터 그 선배와 SNS나 이메일로 연락을 이어왔다. 그리고 미국에 도착하자마자 선생님을 직접 찾아가, 자신도 뉴욕에서 일하고 싶다고 적극적으로 어필했다. 귀국 후에는 서류 심사와 온라인 면접을 거쳐, 선생님의 소개로 극장 관련 헤어메이크업 사무소에 취직하게 됐다.

"미국에서 헤어메이크업 일을 하다니, 멋지지 않아?"

나오는 잔뜩 들뜬 표정으로 이야기했지만, 부모 입장에서는 불안하기만 하다.

---

* 우리나라의 2년제 전문대학에 해당.

모든 일이 그렇게 순조롭게 풀릴까? 그 '선생님'이라는 사람은 정말 믿을만한 사람일까? 그 극장 관련 헤어메이크업 사무소가 나오의 생활을 안정적으로 보장해 줄 수 있을까? 선배가 전해준 정보는 충분했을까? 혹시 좋지 않은 부분을 숨긴 건 아닐까?

헤어메이크업 일을 하고 싶다면 굳이 미국까지 가지 않아도 되지 않을까? 집이 도쿄니까, 일자리는 얼마든지 있을 텐데. '멋지지 않아?'라는 가벼운 마음으로 떠나서, 정말 즐거운 일만 있을까? 말도 서툴고 문화도 다른 곳에서 일하며 생계를 유지한다는 건 너무 안이한 생각이다.

미국에는 가본 적도 없다. 아는 사람도 없다. 그래서 더더욱 상상이 되지 않는다. 나오가 일본을 떠나겠다고 한 뒤로는, 미국뿐 아니라 해외에서 들려오는 끔찍한 뉴스만 봐도 마음이 무너질 것 같다.

유스케라면 당연히 함께 걱정해 줄 줄 알았는데, 되려 "좋겠다. 나도 가보고 싶어."라고 말했다.

너무 낙관적인 거 아닌가. 무슨 일이 생겨도 바로 달려갈 수 있는 거리가 아닌데.

하지만 상사 직원인 그는 일 때문에 여러 나라를 자주 다녀서, 나와는 감각이 다를 것이다. 그게 오히려 서운하고 낙담스러웠다.

"우리도 놀러 가자고. 이쓰코도 해외여행 할 좋은 기회잖아."

유스케의 해맑은 한마디로, 내게는 더 이상 반대할 여지가 없어졌다. 괜히 반대했다가는 아이를 붙잡아 두려고만 하는, 세상 물정 모르는 편협한 사람으로 보일 뿐이다.

나오는 이미 학교를 졸업했고, 이제 스무 살이다. 딸의 취업 문제를 부모가 간섭할 수는 없다.

그래도 걱정되고, 쓸쓸하다. 내게는 '이미' 스무 살이 아니라, '아직' 스무 살인 아이니까.

나오는 마키와 몇 차례 메신저로 연락을 주고받고 나서, 핸드폰을 가방 안쪽 주머니에 넣었다.

"연락이 돼서 다행이네. 요즘 메신저는 정말 편리하지."

별생각 없이 한 말이었는데, 나오가 갑자기 고개를 갸웃했다.

"핸드폰이 없던 시절에는 어떻게 약속을 잡았어?"

"어떻게 했더라……?"

나도 잠시 아득해졌다. 그래도 그때는 그때 나름대로 잘 만나지 않았을까, 싶어 새삼 감탄하게 된다. 나오가 빠르게 말을 이어갔다.

"갑자기 일정이 바뀌거나 틀어지면 연락할 방법이 없었을 거 아니야? 그럼 정말 곤란했을 것 같은데."

"아, 맞다. 그런 적 있었지! 데이트 약속을 했는데 못 만나게 되면, 역에 있는 전언용 칠판에 분필로 메시지를 남겼어. 상대가 못 볼 수도 있었는데 말이야."

옛 기억을 떠올리며 이야기하자, 나오가 크게 놀라며 목소리를 높였다.

"진짜?"

지금 나온 이 '진짜?'는 어떤 의미일까?

고작 한 세대 전 이야기인데도, 칠판에 분필이라니 너무 아날로그적이라고 느낀 걸까. 아니면, 젊은 시절의 내가 그렇게 데이트를 했다는 사실이 상상이 안 되는 걸까.

"그렇게 끝나는 사랑도 있었겠네."

나오의 단정적인 말투에 고개를 끄덕인다.

"그렇게 끝나면 그 정도 인연이었던 거지."

"진짜?"

또 저 반응. 내 사랑 이야기에 설득력이 없는 모양이다.

반짝반짝 빛나고 상큼하고 순진무구한 딸 옆에서 생각한다.

나도.

나도, 저 나이 때는 제법 인기가 많았는데. 대학 미인대회에서 '준 미스'로 뽑히기도 했었다. 물론 그랑프리가 아니라 좀 아쉽기는 했지만, 그 정도면 귀엽게 자랑해도 되지 않을까.

두 남학생이 동시에 고백해 와서 서로 주먹다짐까지 벌인 적도 있었다. "싸우지 말아요." 하며 눈물을 흘리면서도 두 사람 모두를 걱정했던 기억도 난다.

……이제는 모두 옛날 일이다. 그 아이들은 지금쯤 어디서 뭘 하고 있을까.

그 시절, 사람들에게 추켜세워져 우쭐했던 적도 있었지만 대학을 졸업하고 취직한 뒤로는 주변 친구들이 하나둘씩 결혼하던 20대 중반까지 '남자 친구 없는 기간'만 갱신했다.

마법이 다 풀려버린 기분이었다. 아니면, 너무 우쭐했던 벌을 받은 걸까.

서른을 앞두고, 같은 회사의 다른 부서에서 일하던 유스케가 먼저 다가와 줬다. 덕분에 정말 오랜만에 연인이 생겨 감격스러웠다.

수많은 여자 중에 나만을 좋아한다는 그 사실만으로도, 그와 결혼할 이유는 충분했다.

유스케와 결혼하고, 곧 나오가 태어났다. 그 뒤로 나오라는 아이는 내 생활에서 마치 시계처럼 작동했다.

지난 20년 동안 언제나, 내 곁에 나오가 있었다.

아기 시절 늘 품에 안고 있던 때뿐만 아니라, 밖에서 생활을 시작하고 난 뒤에도 마찬가지였다. 일어나는 시간, 학교에서 돌아오는 시간, 학원에 가는 시간. 내 하루 일정은 전부 나오의 생활에 맞춰 돌아갔다. 밥을 하고 도시락을 싸고, 수영 교실이나 피아노 학원에 데려다주고 데려오고…….

달력은 온통 학교 행사나 학부모 모임으로 빼곡히 채워졌다. 물론 동시에 남편의 식사도 챙기고, 빨래도 하고, 부부 사이에서도 온갖 일이 있었다.

그런데 지나온 세월을 떠올릴 때면, 언제나 '나오가 몇 살이었을 때'를 기준으로 기억하게 된다. 사회에서 일어난 크고 작은 사건과 나오의 성장은, 내 마음속에서 늘 하나로 연결돼 있었다.

옛날에 유행가를 들으면 나오가 유치원 재롱잔치에서 춤췄던 곡이라며 미소 짓고, 과거 일어난 지진 재해가 '○○주년'이라는 뉴스를 들으면 초등학생 딸을 안고 불안했던 밤이 떠오른다.

남편 유스케는 일밖에 몰랐으나 다른 의미에서 성실해 회사에서 실적을 올린 사람이기도 하다. 나는 경력을 쌓을 타입도 아니고 집안일을 싫어하지도 않았다. 결혼과 함께 퇴직하고는 돈 받는 일은 한 번도 하지 않았다. 사회적으로나 경제적으로나 유스케가 지켜주었다. 독박육아가 힘들지 않았다면 거짓말이겠지만 나오는 어려서부터 건강하게 자라 좋지도 나쁘지도 않은 성적을 유지하고 원하는 단대에 진학해 이제 자기 꿈을 이루려 하고 있다.

행복한 아내. 평화로운 어머니.

세상은 틀림없이 나를 이렇게 평가할 것이다. 대학 미인대회처럼 단상에 서서 티아라를 쓰지는 못했더라도 이 행복한 생활에 불만이 있다면 벌을 받겠지.

그런데도 이따금 가슴에 외풍 같은 게 불어온다. 다 채워지지 않은 이 마음은 무엇일까.

뛰어난 재능이나 특기도 없고 이렇다 할 취미도 없는 탓에 '내' 인생을 찾지 못했다고 느끼기 때문일지 모른다.

유스케의 아내이자 나오의 어머니인, 나는 도대체 어떤 사람일까. 나는 어디 있을까.

지나가는 젊은 커플 중 여성이 말했다.

"인어공주는 어떻게 도망쳤지? 지금 어떤 상태인 거야? 지느러미야, 발이야?"

"지느러미는 너무 눈에 띄지 않을까? 걸을 수도 없고."

"기어서 가면 되잖아?"

요란한 웃음소리가 점점 멀어졌다. 사람들은 흥미 위주로, 무책임하게 인어공주 이야기를 떠들어댔다. 꽤 주목을 끄는 주제였다.

인어공주라……

나도 어릴 적에는 '공주 이야기'를 좋아해서, 그런 동화를 즐겨 읽고 공주 그림을 그리고 친구들과 궁전 놀이를 하곤 했다.

어린 나오에게 그림책을 사줄 때도 내 취향대로 《백설공주》나 《잠자는 숲속의 공주》를 골랐던 것 같다. 그중에 《인어공주》도 있어서 재우면서 읽어준 기억이 있다.

여섯 자매 중 막내였던 인어공주.

열다섯이 되어 처음으로 바다 위 세상을 볼 수 있게 된 날, 인어공주는 한눈에 반한 왕자를 배 위에서 만나게 된다.

갑작스러운 폭풍우가 몰아치면서 왕자가 바다에 빠지자, 인어공주는 필사적으로 그를 구해 인근 해변까지 데려다준다.

  하지만 왕자는 이후 도착한 인간 여성에게 자신이 구해졌다고 착각한다.

  인어공주는 왕자에 대한 애틋한 사랑을 품은 채, 바다 마녀를 찾아가 아름다운 목소리 대신 인간이 될 수 있는 약을 받는다.

  그녀는 왕자가 다른 여성과 결혼하면 자신은 물거품이 된다는 경고를 들으면서도, 모든 걸 감수하고 다리를 얻어 왕자 곁으로 간다. 왕자는 인어공주를 좋아해 늘 곁에 두고 아름다운 옷을 입혀주었다.

  그러나 이웃 나라 공주와의 혼담이 오가면서, 그 공주가 바로 자신을 구해준 여성이라고 믿고 결국 결혼해 버린다.

  목소리를 잃어 진짜 왕자를 구한 사람이 자신임을 알리지 못하는 인어공주에게 언니들이 마녀에게 받아온 단검을 건넨다. 이걸로 왕자의 가슴을 찌르면 인어로 돌아올 수 있다고.

  인어공주는 단검을 들고 왕자와 공주가 함께 자고 있는 침실에 들어가지만, 끝내 왕자를 죽이지 못한다. 그녀는 결국 단검을 내던지고, 바다로 몸을 던져 물거품이 되고 만다.

……대충 그런 줄거리였던 것 같다.

곰곰이 생각하면 인어공주는 왕자의 성격도 모르고 먼 발치에서 외모만 보고 사랑에 빠져 모든 걸 버린 셈이다. 서로 사랑하게 되리라는 보장도 전혀 없는데.

"왕자, 진짜 인어공주가 좋아하는 얼굴이었나 봐."

저도 모르게 혼잣말했는데 나오가 진지하게 말했다.

"얼굴은 중요해. 그런 교훈을 주는 이야기지."

그런 거였나. 피식 웃으며 대답한다.

"그래도 왕자는 실제로도 다정한 사람이었던 것 같아. 이루어지지 못한 사랑이었지만 인어공주의 눈은 틀리지 않았던 거 아닐까?"

그러자 나오는 입을 내밀며 말했다.

"왕자는 인어공주를 귀여워하며 늘 곁에 뒀잖아. 자기를 좋아하도록. 좀 잘생겼다고 잘난 척하며 자기에게 실컷 반하게 만들고는 덜컥 다른 여자와 결혼했어. 영 별로야."

나오는 숨을 크게 들이쉬고는 침묵했다.

딸이 최근에 어떤 사랑을 했는지는 전혀 모른다. 저렇게 말할 정도의 아픈 경험을 했을지도 모른다. 고등학교 때까지는 반에 좋아하는 사람이 있다고 알려주기도 하고, 발렌타인데이에는 초콜릿 만드는 걸 도와달라고도 했는데 대학생이 된 후로는 남자 얘기는 거의 하지 않았다. 그래도 데이트 비슷한 건 하는 듯했고 밤새도록 통화를 하기도 했으니 전혀 연애를 못 한 건 아닌 듯하다. 어쨌든 시시콜콜 어머니에게 얘기할 시기는 지났다고 생각했다.

"어쨌든 열다섯 소녀의 행동으로는 위험했어."

내 말에서 부정적인 느낌을 받았는지 나오는 반론한다.

"인어 세계에서는 열다섯이 되면 성인이라고 인정하는 거잖아."

할 말이 없다. '바다 위로 나가는 게 허용된다'라는 사실은 곧 그런 말일 것이다. 일본의 인간계에서 스무 살 이상이 어엿한 성인으로 여겨지듯.

"우와! 저것 좀 봐."

화제를 바꾸려는지 나오가 조그맣게 말하며 내 어깨를 콕 찔렀다. 그 눈길을 따라가니 우리 바로 앞으로 아주 긴 금발 여성이 걷고 있다.

"정말 머리를 잘 땋았어. 액세서리도 멋지게 잘 썼고."

나오는 여성이 뒷모습만 보인다는 이유로 어떻게 머리를 꾸몄는지 무례할 정도로 뚫어지게 살폈다. 그 여성은 액세서리 가게로 들어갔다.

"긴자는 정말 세련된 사람이 많아서 공부가 많이 돼."

감탄하는 나오의 목소리에 새삼 주위를 살폈다.

맞는 말이다. 옷도 머리 스타일도 소지품도 개성적인 사람이 가득하다.

몇 년째 입고 있는 하얀 면 셔츠 원피스에 긴소매 회색 카디건을 걸치고 머리는 중간 길이인 나는 특별히 눈에 띄지 않는, 어디서나 볼 수 있는 50대 여성이다. 사람들은 나를 전혀 돌아보지도 않고, 한 번 보고는 절대 기억하지도 못할 것이다.

지금의 내가 혼자 긴자로 도망치고 누군가가 나를 찾아다녀도 인파 속에 섞이면 틀림없이 못 찾을 것이다.

호텔에 도착해 입구를 통과하니 바로 커다란 미술 전시회 포스터가 눈에 들어왔다.

전시에 참여한 작가는 전 세계의 사랑을 받는 일본 아티스트로, 나는 전혀 모르고 있던 사람이지만 유스케는 전부터 팬이었다고 한다. 호텔 로비에서 열리는 이번 전시는 두 달간 이어질 예정인데, 오늘 열리는 미니 토크쇼에는 아티스트 본인이 직접 등장한다고 했다.

유스케는 30명만 추첨으로 뽑는 이번 한정 이벤트의 커플 티켓에 운 좋게 당첨되었다.

"나오랑 둘이 다녀와. 난 느긋하게 골프 클럽이나 손질할 테니까." 남편은 내게 티켓을 양보하며 말했다.

딸이 일본을 떠나기 전날이라 부부만 나가기도 그렇고, 유스케와 나오 둘이 가기에는 낯부끄러웠을 것이다. 저녁 식사는 셋이 함께하자며, 가족의 특별한 날이면 찾던 근처 일본식 식당을 미리 예약해 두었다.

아니, 어쩌면 그는 처음부터 나와 나오에게 함께 다녀오라는 의미로 신청했는지도 모른다. 소중한 날이니 모녀가 함께 긴자 거리를 산책하고 오라는 마음으로. 유스케는 늘 그런 사람이니까.

1시 반부터 시작되는 토크쇼 전까지 우리는 로비 벽면에 전시된 패널 작품들을 둘러보며 감상했다. 화려한 색감의 사진 작품들은 다양한 소품과 피규어를 조합해, 마치 하나의 상황을 잘라낸 듯한 느낌으로 표현되고 있었다.

무언가를 또 다른 무언가처럼 보이게 하는 기발한 아이디어. 그건 목가적이면서도 독창적인 세계관 안에 작은 풍자가 숨어있어, 절로 미소가 지어지거나 한참을 멈춰 서서 생각하게 만들었다. 정말 멋진 상상력이었다.

문득 옆을 보니 벽 구석에 검은 테 안경을 쓴 아저씨가 패널에 얼굴을 들이댄 채 보고 있었다. 흠. 콧김을 내뱉고는 이번에는 조금 떨어진 자리에서 고개를 기울이며 응시했다.

예술계 사람일까. 조금 전 금발 여성의 머리 스타일에 몰입했던 나오와 똑같은 눈이다. 이렇게 몰입할 수 있는 게 있다니, 부럽다.

라운지 앞에서 토크쇼 시작을 알리는 안내가 들렸다. 우리가 접수를 마치고 자리에 앉을 때쯤, 잔잔하게 흐르던 배경음악이 멈췄다.

라운지 안쪽에 무대가 있고 벽에 스크린이 걸려있다. 사회를 맡은 여성이 나와 간단한 인사와 안내를 마친 후 한 손을 들어 아티스트를 불러냈다. 무대 뒤에서 나타난 사람은 검은 셔츠에 검은 바지를 입은 차가운 느낌의 남성이었다. 조용한 미소를 지으며 객석을 향해 고개를 숙인다.

그는 관객 앞에서도 전혀 긴장한 기색 없이, 시종일관 평온한 태도를 유지했다. 영상을 함께 틀어주며 작품의 제작 비하인드와 과정을 설명했는데, 이야기 솜씨도 능숙해 보였다. 중간중간 가벼운 농담을 섞어 분위기를 띄우자, 토크쇼 현장은 평화로운 웃음으로 가득했다.

20분쯤 지났을 때 사회자가 말했다.

"유감스럽게도 시간이 다 되었네요. 마지막으로 질문 시간을 갖겠습니다."

그녀의 제의에 객석 여기저기서 손이 올라갔다. 이리저리 둘러보던 사회자가 어느 한 곳을 가리키자, 30대 중반 정도의 여성이 자리에서 일어났다. 옆에는 취학 전으로 보이는 남자아이가 얌전히 앉아있었다.

스태프에게 마이크를 받은 여성은 더듬더듬 질문을 던졌다.

"아이의 창의력을 키우려면 어떤 장난감을 사주는 게 좋을까요?"

아티스트는 질문을 듣고 고개를 끄덕인 다음, 옆에 있는 남자아이에게 다정한 눈빛을 던진다. 그리고 어머니인 듯한 여성에게 시선을 돌리며 말했다.

"기성 장난감만 잔뜩 있으면 아이는 그 틀 안에서만 놀게 되죠. 저는 어렸을 때, 몇 개 안 되는 장난감과 생활용품으로 어떻게 놀지를 직접 고민했어요. 아이가 가구를 타고 놀거나, 물건을 마음대로 가공해도 너무 꾸짖지 말고 자유롭게 두시면 좋겠습니다."

"그렇군요!" 여성 사회자가 밝게 맞장구쳤다.

"작가님의 창의력은 아이 때부터 자라난 거네요!"

그는 살짝 웃어 보였다.

"그렇습니다. 잘하는 건 억지로 시키지 않아도 혼자 해요. 부모와 친구, 주위에 사람이 없어도, 또 보는 사람이 없더라도 혼자 하는 게 정말 하고 싶은 일이죠."

보는 사람이 없을 때도 하는 일. 그게 정말 하고 싶은 일이라.

맞는 말이다. 나오도 그랬다.

나오가 다섯 살 때의 일이다. 비가 너무 많이 내려 아이를 집에 혼자 두고, 잠깐 근처 슈퍼마켓에 장을 보러 다녀온 나는 놀랄 수밖에 없었다.

나오는 주변에 봉제 인형들을 잔뜩 모아, 인형들 얼굴에 유성 펜으로 속눈썹을 그리고 입술을 빨갛게 칠하고 있었다.

"엄마! 속눈썹을 살짝 그렸더니 얼굴이 이렇게 달라져!"

신나서 떠들던 딸의 반짝이던 눈동자를 지금도 잊을 수 없다. 놀라긴 했지만 그 모습을 보니 화를 낼 수가 없었다.

패션이나 메이크업에 대한 나오의 관심은 해가 갈수록 깊어졌다. 그것이 나오가 '정말 하고 싶은 일'의 시작이었을까.

지금은 잘 안다. 나오가 거울을 보며 자신을 꾸미기보

다 옆에 있는 인형들의 얼굴을 꾸며주는 걸 훨씬 좋아한다는 것을.

자신이 아니라 다른 누군가를 공주로 만들어 준다. 그런 방식으로 '빛나는 존재'가 여기 있다.

그렇다면 난…… 딸을 응원해 주어야 하지 않나.

성장하며 진짜 하고 싶은 일을 발견하고, 거머쥔 딸을 자유롭게 하는 것이 부모의 역할 아닐까.

나오가 참 대단하다고 새삼스레 느낀다. 그녀 안에서 만개하려는 능력과 가능성이 눈부시게 빛난다. 내게는 없는 모습이다.

딸이 시계였던 내 인생은, 앞으로 어떻게 시간을 헤아려야 할까.

이벤트가 끝나고, 우리는 다시 주오도리로 나왔다.

자, 이제 뭘 하지? 예약한 저녁 식사까지는 아직 시간이 여유로웠다.

모처럼 긴자까지 왔으니 추억을 남기고 싶다. 백화점이라도 돌까. 시세이도 파라*에서 차를 마셔도 좋고, 규쿄도

---

* 화장품 브랜드 시세이도에서 운영하는 카페.

에서 기모노를 감상해도 좋겠다.

어디 가고 싶냐고 물으려는데 나오가 말했다.

"저기에서 잠깐 쉴까?"

차도에 설치된 테이블 자리를 가리켰다. 짙은 녹색 파라솔 끝이 살랑살랑 흔들리고 있었다.

멋진 가게도 좋지만, 보행자 천국은 긴자만의 특별한 추억이 될 것 같았다. 둥근 테이블에 설치된 네 개의 의자 중 하나에 내가 앉자, 건너편에 나오가 자리를 잡았다.

그 순간, 나오가 내 뒤를 바라보며 눈을 동그랗게 뜨고는 말했다.

"아, 거짓말! 진짜야?"

나오는 내게 얼굴을 붙이고 말한다.

"엄마, 저기 좀 봐. 왕자야!"

나오의 시선을 따라 고개를 돌리니 정말 왕자가 걸어오고 있었다. 조금 전 사진에서 본 그 왕자 그대로였다. 왕관은 예상보다 훨씬 본격적이었고, 예복 옷감도 매우 고급스러워 보였다.

그는 성큼성큼 걸어와 우리 옆 테이블에 앉더니, 의자 등받이에 몸을 기대고 크게 한숨을 내쉬며 중얼거렸다.

"바다 냄새가 나네……."

그러자 나오가 몸을 앞으로 내밀며 말했다.

"맞아요! 긴자는 가끔 바다 냄새가 날 때가 있어요. 바람 방향에 따라 도쿄만에서 바람이 불어오나 봐요."

"얘!" 나는 나오의 소맷자락을 잡아당겼다.

이 남자가 누군지도 모르는데, 나서서 먼저 말을 걸다니. 나오의 이런 점이 늘 아슬아슬하게 느껴졌다.

왕자는 나오를 힐끔 바라본 뒤, 테이블에 팔꿈치를 대고 손으로 턱을 받쳤다. 나오는 내가 말리는데도 주저하지 않고 말을 건넸다.

"저기요. 지금 화제가 된 왕자 맞죠?"

"확실히 나는 왕자이긴 한데, 화제라니?"

왕자가 고개를 갸웃했다.

왕자의 외모는 인어공주가 한눈에 반할 만하다고 느껴질 정도로 아름다웠다. 긴 속눈썹이 눈을 깜빡일 때마다 톡톡 소리가 날 것 같았다.

나오가 크게 고개를 끄덕인다.

"당연하죠. 인어가 사라졌다고 로브 아키무라에게 말했으니까요."

왕자는 애절하게 미간을 찌푸렸다.

"……내 탓이야."

왕자는 입술을 가늘게 떨며 눈물을 참는 듯했다.

"아무것도 몰랐어. 그녀가 겪는 고통을 까맣게 모르고, 사랑만 했지."

슬픔에 잠긴 그의 모습은 절로 손수건을 내밀고 싶을 만큼 가슴 아팠다.

하지만 나오에게는 마치 새로운 발견이라도 한 듯, 일말의 동정도 없이 중얼거렸다.

"그랬구나."

그러고는 이렇게 덧붙였다.

"여자라면 다 자기한테 반한다고 착각할 정도로 오만한 남자는 아니었구나."

왕자는 나오의 말이 전혀 귀에 들어오지 않는 듯 머리를 감싸 쥐고 목소리를 높였다.

"아아, 난 그냥 겉모습만 멀쩡할 뿐이야……. 그 때문에 그녀도 나를 사랑하고 말았어. 난 그 애의 소중한 인생을 망쳤어."

나오가 그 말을 듣고 풋, 웃음을 터뜨렸다.

"웃긴다. 역시 왕자병이네."

왕자가 고개를 든다. 나오가 바로 반론에 나선다.

"저기요, 왕자님. 이건 개인적인 의견이기는 한데요."

나오는 똑바로 몸을 세우고 목소리에 힘을 주었다.

"물론 인어공주는 당신을 아주 좋아했을 거예요. 하지만 그 이유만으로 큰 용기를 내어 전혀 모르는 세계로 오겠다고 생각한 건 아닐걸요."

"……그 말은?"

"인어공주는 언니들로부터 지겹도록 바깥 세계 이야기를 들었을 거예요. 기대도, 희망도 상당했을 거라고요."

왕자는 나오를 가만히 바라보며 이야기에 몰입하고 있었다. 나도 괜히 두근대는 가슴을 누르며, 왕자와 마찬가지로 나오의 다음 말을 기다렸다.

"누구보다 동경했겠죠. 자신이 모르는 꽃과 새, 숲과 마을 같은 것들에 대해서요. 가보고 싶고, 보고 싶었을 거예요. 그리고 자유롭고 다양한 경험을 하려면 다리가 필요하다고 생각했겠죠. 온갖 위험이 있다는 사실도 처음부터 다 알고 있었어요. 불안하지 않았을 리 없어요. 누가 하라고 한 게 아니라 본인이 원한 거니까, 고통도 모두 받아들였어요. 그만큼 강한 의지로 시작한 일이에요."

나오는 먼 곳을 바라보며 말한 뒤 다시 왕자에게 몸을 돌렸다.

"그러니까 당신 잘못은 아니에요. 그저 좀 둔감했을 뿐이죠."

나오는 단호하게 말하며 상쾌한 미소를 지었다.

왕자는 약간 당황한 표정을 짓다가 곧 환하게 웃었다.

"⋯⋯고마워. 왠지 힘이 나는 것 같아."

왕자의 눈가에 새로운 눈물이 촉촉이 맺히는 게 보였다.

정신을 차려보니 내 눈에도 눈물이 고여있었다. 내 눈물의 의미를 나조차 제대로 알지 못한 채 코를 훌쩍이고 있는데, 왕자는 자리에서 일어나 공손히 인사했다.

우아하게 사라져 가는 왕자의 뒷모습을 배웅한 뒤, 나오가 주위를 휙 둘러보고는 미소 지으며 중얼거렸다.

"카메라, 어디서 돌고 있을까? 내 영상도 쓰이려나?"

나오의 '견해'는 아마, 뉴욕에 가기로 결심한 그녀의 의지 표명 자체였을 것이다.

그저 멋지다는 가벼운 마음이 아니었다. 사실은 품고 있을 불안을 드러내지 않은 이유는 무슨 일이 있더라도 이겨내리라는 강한 마음의 표현이었다.

이제 딸을 말릴 마음은 없어졌다. 그저 온 힘을 다해 나오를 응원하기로 했다. 나오가 가기 전, 이런 시간을 갖게 된 게 감사했다.

"아빠한테 줄 선물이라도 사갈까? 긴자 웨스트의 리프 파이 어때?"

내 말에 나오는 "어?"라며 얼굴을 찡그렸다.

"아빠 요즘 배가 엄청 나왔어. 선물이라면 조금 전에 전시회에서 산 걸 더 좋아할걸."

나오가 내 토트백을 가리켰다. 토크쇼를 끝내고 나오면서 라운지에서 산 작품집을 말하는 것이다.

백에서 작품집을 꺼냈다. 표지에는 아티스트 이름이 소심하게 적혀있었다.

다나카 다쓰야

작품집을 넘기자, 두 페이지에 걸쳐 크게 실린 작품이 다채롭게 눈에 들어왔다.

펼쳐진 책은 와코 건물을 표현하고 있었고, 나란히 늘어선 책들도 빌딩들을 상징하는 듯했다. 그 위에 형형색색의 메모지가 붙어 간판을 나타내고 있었다.

멋진 긴자의 거리 풍경이다. 그곳에는 수많은 인간 피규어가 모여있었다. 보고 있으면 금방이라도 다들 움직일 듯하고 시끌벅적한 목소리마저 들려올 것만 같았다.

나오가 그 페이지를 들여다보며 말했다.

"다나카 다쓰야 씨는 이런 작품을 매일 SNS에 올려. 정말 매일매일. 대단해."

그 말을 듣고 나도 감탄의 소리를 흘렸다. 진짜? 매일?

"이렇게 멋진 걸 매일 만들다니. 다나카라는 사람, 굉장하네."

내가 중얼거리자 나오가 말했다.

"엄마도 만들어 줬잖아."

"응? 뭘? 요리?"

"아, 그것도 그렇지만 뭐랄까……."

내가 어리둥절해 있으니 나오는 살짝 수줍어하며 말을 이었다.

"하루하루를 매일 만들어 줬잖아."

당황했다. 하루하루를 만들어? 내가?

"엄마는 작은 식물을 정성껏 기르잖아. 사온 그대로가 아니라 일부러 예쁜 색깔의 화분에 옮겨 심고. 그 셔츠 원피스도 그래. 하얀 옷을 하얗게 유지하는 건 정말 힘든데 꼼꼼하게 관리해서 오랫동안 소중하게 입고 있잖아. 아주 잘 어울려."

나오의 말에 나는 입고 있는 원피스를 내려다본다. 그

렇게 생각해 주고 있었구나.

"나랑 아빠한테도, 엄마가 돌본 하나하나에 다정한 마음이 담겨있어. 도시락에는 제철 채소가 가득하고, 이불에서는 화창한 햇빛 냄새가 나. 집에 있는 가족사진 액자도 예쁘게 장식되어 있어. 그래서 좋았어. 그런 일들은 사소해 보이지만 사실은 정말 중요한 거잖아."

이번에는 쑥스러움 없이 말한 나오가 생긋 웃었다.

"나는 말이야, 어릴 때부터 쭉 풍요롭다는 건 돈이 아니라 그런 것들이라고 생각했어. ……엄마, 고마워."

내 눈에서 두 번째 눈물이 뚝뚝 떨어져 멈추지 않았다. 왕자에게 주고 싶었던 손수건으로 내 얼굴을 닦는다.

보는 사람이 없을 때 하는 일. 그게 정말 하고 싶은 일이었나?

그런가? 맞다.

그 자리에 없는 가족을 생각하는 것도, 역시 내가 진심으로 하고 싶은 일이다. '나'는, 분명히 여기 있었다.

나오가 내게 알려주었다.

주오도리 한가운데에서 긴자의 거리를 둘러봤다.

교차하고, 스치고, 멈추고, 걷는 수천만의 사람들. 저들

속에 섞이면 나라는 존재조차 잃어버릴 줄 알았다. 지금까지 나는 이 군중을, 사회를 커다란 '덩어리'라고 생각했다.

하지만 그렇지 않았다.

모든 사람은 저마다 다른 역사와 드라마를 품고 있었다.

틀림없이 나처럼, 뭔가에 좌절하고 기뻐하고 바라고 손에 넣는다. 세계가 유일무이한 생명의 숨결로 이루어지고 있음을 처음으로 실감했다.

펼쳐진 페이지의 작품이 내게 말을 건넨다. 다나카 씨가 만들어낸 긴자를 걷는 사람들. 헤아릴 수 없을 만큼 많은 피규어 속에 똑같은 인물은 하나도 없다.

만약 마녀가 "네가 부러워하는 누군가의 인생과 바꿔줄게."라고 말해도 나는 절대로 이 인생을 버리지 않을 것이다.

나는 내가, 오직 나만이 쌓아온 날들이 사랑스럽다. 그리고 앞으로도 좋아하는 페이지를 만들어 갈 것이다.

하루하루를, 좋아하는 옷을 입고 편안한 방에서, 변함없이 내 곁에 있어줄 살짝 배가 나온 왕자님과.

눈물로 젖은 뺨에 봄바람이 불어온다.

이 바람은 수많은 사람을 스쳐 지나가 바다를 건너고 지구를 한 바퀴 돌겠지.

자유롭게 열린 천국에서 지금, 형형색색의 보행자들이 거리에 넘쳐나고 있다.

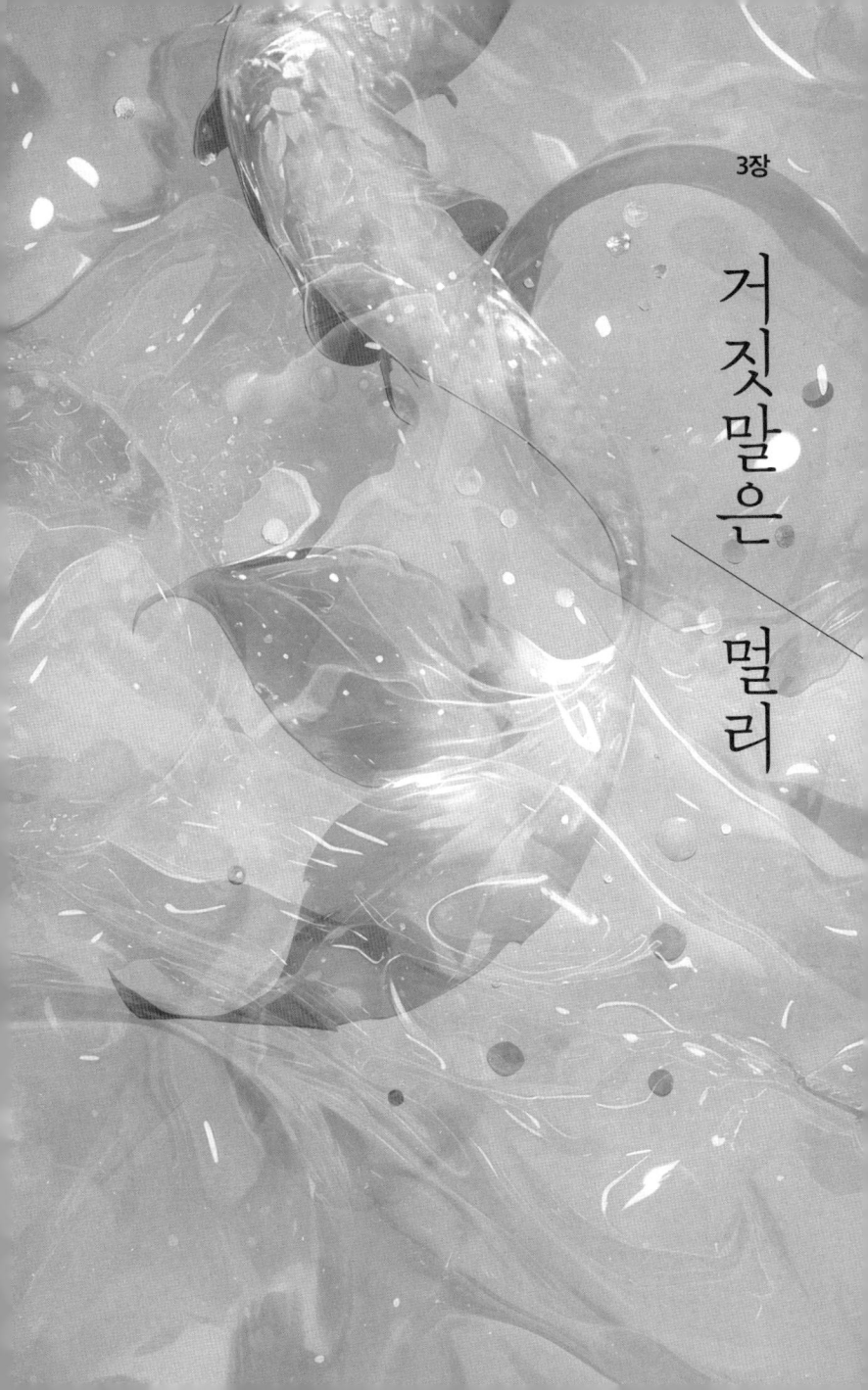

3장

거짓말은 멀리

이 사랑은 진짜라고 생각했는데.
신 앞에서 영원을 맹세했는데.
서로 계속 사랑하는 게 이토록 힘들 줄이야.

오늘은 토요일이었다.
긴자 호텔에서 열린 미니어처 예술 전시회를 둘러보고 주오도리까지 나오니 차도가 사람들로 북적여 놀랐다. 길거리를 전세 낸 큰 이벤트가 있나 싶었는데 생각해 보니 토요일과 공휴일이면 이곳은 보행자 천국이 된다.
예순 넘어 정년퇴직한 사람으로서는 평일이나 주말의 차이가 없어 별로 신경 쓰지 않았다.

재작년, 오랫동안 몸담은 무역회사를 물러나며 은퇴하자마자 취미였던 그림 수집에 더 몰두했다.

그림은 그리지 않는다. 애초에 잘 그리지도 못한다. '그림을 좋아하는' 것과 '그림을 잘 그리는' 것은 전혀 다른 일이다. 나는 그림을 감상하고 모으는 게 더 좋다.

긴자 욘초메 교차로에서 건널목을 건너려는데 종이 두 번 울렸다.

종소리가 나는 쪽으로 고개를 돌렸다. 와코 시계탑에서 울리는 소리였다. 매 시각, 이 시계는 거리 사람들에게 정시를 알린다. 소리의 크기도 절묘해 건물 안에 있으면 안 들리고 밖에서 걷더라도 특별히 신경 쓰지 않으면 잘 안 들린다. 나는 지금, 어쩌다 와코 바로 밑에 있어서 들은 것이다.

2시.

건물에 설치된 클래식한 시계를 올려다본 후 재킷 안주머니에서 회중시계를 꺼낸다. 시각을 확인하니 1시 55분이었다.

또 느려졌네.

이 회중시계는 기계식이라 며칠에 한 번씩, 가능하면 매일, 직접 태엽을 감아야 한다. 손가락으로 시계 옆 크라운을 조정해 태엽을 감는다. 하루에 1, 2분의 오차가 생겨 사흘 정도만 시간 맞추기를 게을리하면 종종 5분씩 늦어진다. 헌터 케이스라고 불리는 커버까지 딸린 타입이라 시간을 확인하려면 일일이 뚜껑을 열어야 한다.

스위스제 고급 시계 브랜드의 앤티크로, 제품은 고급인데 정밀성이나 편리성에 문제가 있다. 요즘 시대에 이런 쓸모없는 레트로는 필요 없겠지.

이제 팔자 싶어서 중고 매매 업자를 찾아다녔으나 좀처럼 잘 풀리지 않았다.

나는 정신을 다잡고 다시 걷기 시작했다. 어제, 귀금속이면 무엇이든 비싸게 사들인다는 중고 매매 가게 전단이 집 우편함에 들어와 있었다. 수상쩍은 캐치프레이즈와 디자인이 썩 마음에 들지는 않았으나 그곳이라면 이 시계를 고가에 사줄지 모른다는 어렴풋한 기대를 품고 그 가게로 걸음을 옮기고 있다.

유서 깊은 서점, 교분칸 앞까지 왔을 때 서점에 들어가려는 푸석푸석한 머리의 남성과 부딪힐 뻔했다.

"죄송합니다."

사과하는 소리에 "아, 제가 더 죄송합니다."라며 고개를 들다가 절로 걸음을 멈춘다.

아는 사람은 아닌데 본 적 있다. 무슨 소설가 아니었나.

이름이 생각나지 않는다. 최근 미술과 관련된 소설을 내고 낮 정보 프로그램 〈주말의 당신〉의 북 코너에 초대 손님으로 출연한 걸 지난주에 봤는데. 머리 스타일이 인상적이어서 또렷하게 기억하고 있다.

아니, 다른 사람인가. 그냥 닮은 건가. 모르겠다.

푸석푸석한 머리를 한 남자는 바로 가게 안으로 들어가 버렸다. 궁금해져서 핸드폰을 꺼내 주말의 당신 북 코너로 검색해 봤다. 일주일 전 방송이라 이름은 금방 나왔다.

구사카베 신지로

맞다. 구사카베다.

긴자 거리에는 연예인이나 유명인도 자주 걸어 다니는 터라 스친 다음에야 깨달을 때가 종종 있다. 물론 사생활이므로 말을 걸지 않는 게 도시의 매너이다. 상대의 자존심까지 배려한다면 깜짝 놀라며 잠시 보는 정도가 가장 좋을 것이다.

핸드폰을 연 김에 계속 만지작거리고 있었더니 긴자 거리에서 인어가 도망쳤다?!라는 주제가 올라와 있었다. 〈주말의 당신〉으로 검색했기 때문이었을 것이다. 오늘 방송 첫 부분의 기습 인터뷰에서 자신을 '왕자'라고 밝힌 남성이 나타나 SNS에서 화제를 불러일으켰다는 기사가 나왔다.

  인어가 도망쳐? 이 긴자에?

  정말 평화로운 세상이구나. 그런 허풍이 화제가 되다니. 진실이 아니라는 걸 알기에 다들 흥미로워하는 거겠지. 자신을 '왕자'라고 밝히다니 그냥 관종이잖아?

  기습 인터뷰를 담당하는 개그맨 로브 아키무라의 상반신 사진이 나와 잠시 응시한다. 곧 핸드폰 화면을 잠가 바지 주머니에 넣고는 안경 프레임을 쓱 올렸다.

  종종 로브 아키무라와 닮았다는 소리를 듣는다. 내가 나이는 열다섯 살쯤 더 많은데 그가 개그맨으로 유명해질수록 닮았다는 소리를 듣는 빈도가 늘었다. 게다가 "닮았어!"라고 말한 다음에는 꼭 웃는다.

  로브 아키무라가 코믹한 캐릭터이기 때문일 것이다. 왜 닮았다는 이유만으로 웃음을 사야 한단 말인가? 정말 내게는 민폐일 뿐이다. 엄밀히 따지자면 로브 아키무라가 나를 닮은 거지! 내가 먼저 태어났으니까.

  불쾌해서 사람과 처음 만날 때나 거리에 나올 때는 굵은 테 안경을 쓰기로 했다. 게다가 더 닮아 보이지 않도록

3장 거짓말은 멀리 93

머리를 칠대삼 가르마로 바꿨더니 이번에는 아내 스미코가 대놓고 불평했다.

……아내.

또 잘못 말했다. 전처다.

이혼하고 석 달이 지났는데 여전히 실감이 나질 않는다. 어떤 상태냐면 회식하다가 '오늘 늦어'라는 연락을 보낼 수 있을 정도다. 갑자기 찾아온 변화를 선뜻 받아들이기에는 우리 결혼 생활은 너무 길었다. 32년.

둘 사이에 아이는 없다. 나와 동갑인 스미코는 10년 전에 회사를 스스로 그만두고 네일숍을 차렸는데 지금은 그럭저럭 잘 운영되고 있는 듯하다. 부부가 다 경제적으로 자립해 서로 자유롭게 살면 되지……라고 생각했는데 이혼하니 완전히 다른 의미에서 자유로워졌다.

생각에 잠긴 채 멍하게 거리를 걷고 있는데, 기모노 가게 앞에 있는 커다란 화분이 눈에 들어왔다. 나뭇가지 구석구석 벚꽃이 만개해 있다.

벚꽃? 너무 이르지 않나.

다가가 살펴보니 조화였다. 감쪽같이 만들었네.

빨간 후드티를 입은 여자아이가 뒤에서 타박타박 달려와 맑은 눈으로 벚꽃을 올려다봤다. 모자에 머리를 완전히 감추고 있는 아이는 초등학교에 들어갔을 정도의 나이로 보인다. 혼자인지 주위에 어른은 보이지 않는다.

아이는 바로 앞의 벚꽃에 코를 가져다대고 킁킁 냄새를 맡았다.

조화야. 냄새는 안 날 거야.

나는 속내를 소리 내어 말하지 않고 자리를 떴다. 가짜 꽃을 흡족하게 감상하고 있는 아이에게 진실을 알려주는 게 옳은 일인지 판단이 서지 않았기 때문이다.

지도를 확인하면서 찾아갔는데 다용도 빌딩 1층에 있는 가게는 닫혀있었다. 정기 휴일일까, 임시 휴일일까. 애써 왔는데. 오기 전에 전화를 한번 해볼 걸 그랬다.

허탈함을 안고 돌아가려는 순간, 그 가게 옆에 낡고 조그만 나무 간판이 눈에 들어왔다.

갤러리 우즈

붓글씨로 적힌 글자 아래, 지하로 이어지는 계단을 향해 빨간 화살표가 그려져 있었다.

이런 데 화랑이 있었나? 긴자에 있는 화랑은 웬만큼 돌아다녔다고 생각했는데 여긴 처음 보는 곳이었다.

망설임 없이 계단을 내려갔다. 계단을 한 바퀴 돌아 화랑 앞에 도착하니, 철제문이 나를 맞았다. 안이 보이지 않아 주춤했지만 문 옆에 놓인 램프가 기품 있는 빛을 뿜어내고 있었다. 나는 직감을 믿고 문손잡이를 잡았다.

문을 열자 상상보다 훨씬 깊은 공간이 펼쳐졌다. 새하얀 벽마다 다양한 그림이 걸려있었다.

유화, 수채화, 실크 스크린……. 일부러 화풍이나 크기에 일관성을 주지 않은 것처럼 무작위로 전시되어 있는 작품들에게서 어딘지 모르게 통일감이 느껴졌다. 그 묘한 조화에 강하게 매료되며 안으로 점점 더 들어갔다.

화랑 안은 물을 끼얹은 듯 고요했다. 살며시 발걸음을 옮기자, 회색 정장을 입은 작은 체구의 노인이 서있었다. 붉은 넥타이를 꼼꼼하게 맨 모습이 인상적이었다.

그 옆, 카우치 의자에는 긴 머리의 젊은 남성이 다리를 꼬고 앉아있었다. 유럽 귀족 같은 호화로운 흰 의상에 왕관까지 쓰고 있어, 순간 눈을 부릅떴다.

의자 옆 장식장에는 너무나 고급스러운 샴 고양이 조각상이 자리 잡고 있다. 이건, 뭐지? 무슨 행사장인가.

서둘러 다시 나가려는데 노인이 말했다.

"어서 오세요. 그림을 찾으시나요?"

"……아, 아니, 그게, 어떤 그림이 있나 보러 왔는데."

"갤러리 우즈에 잘 오셨습니다. 저는 이 갤러리의 아트 딜러입니다."

딜러는 정중하게 인사하고 입구에 놓인 조그맣고 동그란 테이블로 나를 안내했다.

"여기에 이름을 적어주세요."

테이블 위에는 펼쳐진 노트와 볼펜이 놓여있었다. 딜러는 친근하고 공손하면서도, 쉽게 거절할 수 없는 묘한 위압감을 풍겼다.

노트 첫 줄에 적힌 '왕자'라는 단어가 내 눈길을 끌었다.

"왕자?"

소리 내어 말했다.

왕관을 쓴 저 사람인가. 물론 저 차림새만 보면 왕자가 분명하기는 하지.

웃음을 참으며 펜을 잡는다.

와타세 노보루

정직하게 본명을 쓴다.

주소는 쓰지 않은 채 펜을 놓았는데 돌아오는 말은 없었다.

'왕자'는 가느다란 다리를 바꿔 꼰 채 한층 편안해 보였다. 이상한 녀석이다. 얽히지 않는 게 좋겠다.

그들에게 등을 돌리고 그림을 보려다가 문득 깨달았다.

왕자. 혹시 〈주말의 당신〉에서 기습 인터뷰를 했던 그 왕자?

눈에 띄고 싶어 안달 난 그 관종이 지금 내 앞에 있다는 건가?

"아, 혹시 지금 화제가 된……."

나도 모르게 뒤돌아서며 방긋 웃었는데, 왕자가 아니라 딜러가 대답한다.

"맞습니다. 지금 화제인《인어공주》의 왕자님이에요."

인어공주라고? 웃음을 터뜨리고 말았다.

"《인어공주》라면 안데르센의, 그거요? 자기를 구해준 인어와 옆 나라 공주를 헷갈린 사람?"

내 말에 왕자가 갑자기 비통한 듯 얼굴을 일그러뜨렸다.

"난…… 헷갈린 게 아니야……."

"그래요? 그게 비극의 시작이지 않나?"

그러자 왕자는 아악, 소리를 지르며 얼굴을 마구 문지

르면서 울음을 터뜨렸다.

나는 너무 놀라 저절로 뒷걸음칠 준비를 했다.

이 녀석은 뭐지?

설마 울 줄은 몰랐다. 그저 기억을 더듬어 《인어공주》의 줄거리를 말했을 뿐인데.

내가 잘못 반응했나? 정체불명의 '가짜 왕자'를 만났을 때 제정신인 내가 어떻게 대처했어야 했을까?

딜러가 왕자를 달랜다.

"자, 진정하세요. 와타세 씨는 당신을 비난하려던 게 아닙니다."

나도 급히 그의 의견에 보탰다.

"맞아요. 나무란 게 아니오. 그건 피해망상이라오."

스미코가 떠올랐다. 지금처럼 나는 단지 대화를 나누려 했을 뿐인데 그녀는 이 왕자처럼 받아들이고는 했다. 그렇게 말하다니 너무해. 당신은 배려가 없어. 그녀는 늘 나를 탓했다. 나로서는 도무지 이해할 수 없는 일이었으나 옳은 지적이었는지도 모른다.

딜러는 여전히 울고 있는 왕자의 등에 살며시 손을 얹었다.

"애써 기운을 좀 찾았는데. 부디 실망하지 말아요. 아직

2시예요. 5시까지는 시간이 있으니까요."

"앞으로 세 시간이라……."

왕자는 퍼뜩 고개를 들고 중얼거리더니 조용히 일어나 천장을 향해 소리쳤다.

"……제기랄, 안데르센 녀석!"

그러고는 힘차게 화랑을 뛰어나갔다. 나는 그의 긴 머리카락이 흔들리는 걸 멍하니 지켜봤다.

"저 사람, 도대체 뭡니까?"

봄의 햇살을 받고 돌아버린 미치광이인가. 정상인으로 대할 수 없는 사람이었다.

내가 고개를 갸웃거리자 딜러가 진지하게 말했다.

"너무 슬펐던 거겠죠. 안데르센은 부드러운 문체로 등장인물에게 너무도 가혹한 일을 겪게 하니까요."

아무래도 이 딜러는 저 녀석이 《인어공주》의 왕자라는 설정을 밀고 나가려는 모양이다. 나도 포기하고 질문했다.

"자기가 힘든 게 작가 때문이라고요?"

딜러는 무표정으로 조심스레 이야기를 시작한다.

"사람은 다 똑같잖아요? 힘든 일이 생기면 신은 왜 내게 이런 시련을 주냐고 분개하죠. 신이 창작한 시나리오대로 인생을 살고 있다고 생각해야 받아들이기 쉬우니까요. 저 왕자도 마찬가지일 거예요. 고통스러운 일은 다 안데르센이라는 작가 탓이라고 생각하면 훨씬 쉽지 않겠어요?"

딜러는 거기까지 말하고 조금 멀리 시선을 던졌다.

"왕자는 누구에게도 상처를 주고 싶어 하지 않아요. 《인어공주》에 나오는 인물은 다 그래요. 한 사람도 악의를 품고 있지 않죠."

"아니죠. 무시무시한 마녀가 있잖소?"

"마녀 입장에선 공정하게 거래를 했을 뿐이에요. 물론 다소 거친 방식이었지만, 결코 속임수를 쓰진 않았죠. 오히려 인어공주의 언니들이 찾아왔을 때는 다시 인어로 돌아갈 수 있는 방법까지 제시했으니, 꽤 유능한 편이지 않나요?"

참으로 쓸데없는 생각이지만, 묘하게 흥미로운 이야기였다. 어느새 나도 진지하게 딜러의 말을 듣고 있었다.

"하지만 인어공주도 결국 한 번은 왕자를 죽이려고 했잖소? 잠든 왕자 곁에 칼을 들고 간 걸 보면."

동화치고는 꽤 뒤숭숭한 이야기다. 나는 예전부터 그렇게 느껴왔다.

칼을 버리고 물거품이 된 인어의 선택이 미담으로 전해지는 것이 도무지 이해되지 않았다. 그녀가 그렇게 특별

3장 거짓말은 멀리 101

히 선한 캐릭터라고는 생각되지 않았다.

딜러가 고개를 살짝 끄덕였다.

"맞아요. 하지만 칼을 쥔 인어공주의 망설임과 갈등이 있었기 때문에, 사람들은 그 이야기에 더 공감하게 되는 거죠."

그렇지! 그 말에는 설득력이 있었다. 확실히 인어공주가 처음부터 "그런 일은 할 수 없어."라며 칼을 받지 않고 거절했다면 이야기의 재미는 반감되었을 것이다.

처음부터 단순한 미담은 아니라고 생각했다. 그 장면이 말해준다. 인간의 마음에는 좋고 나쁜 온갖 감정이 뒤엉켜 있고, 우리는 늘 그중에서 어떤 자신을 선택하며 살아간다는 사실을······.

감동에 잠겨있던 나는 퍼뜩 정신을 차렸다.

여기서 대체 무슨 이야기를 하고 있는 건지.

맞다, 그림. 나는 이곳에 그림을 보러 왔던 거다. 이제 적당히 정리하고 본론으로 들어가야 했다.

나는 다시 화랑 안을 둘러봤다.

"이런 곳에 화랑이 있는 줄은 몰랐습니다."

"주말하고 공휴일에만 여는 편이라 그렇죠."

딜러가 답한 순간, 장식장 위에 있던 샴 고양이가 살짝 기지개를 켰다.

깜짝 놀라 주저앉을 뻔했다. 장식품인 줄 알았는데, 살아있는 고양이라니.

샴 고양이는 잠깐 앞발로 얼굴을 문지르더니 몸을 동그랗게 말고 다시 눈을 감았다. 아름다운 고양이였다. 마치 정교하게 만든 인형처럼 보였다. 딜러는 고양이의 목덜미를 쓰다듬으며, 곧바로 옆 벽에 걸린 한 점의 그림을 가리켰다.

"오늘은 그림에서 나온 모양입니다."

그가 가리킨 것은 풍채 좋은 서양 여성이 긴 의자에 앉아 뜨개질을 하고 있는 유화였다.

"언제나 저 부인 옆에 얌전히 앉아있는데, 가끔 이렇게 나올 때가 있답니다."

고양이가 그림에서 나왔다고?

처음에는 한심한 농담이라 여겼지만, 곧 온몸에 소름이 돋았다. 서늘한 화랑의 공기가 갑자기 너무나도 불안하게 느껴졌다. 이곳에는 어딘가 가슴속을 뒤흔드는 무언가가 있다.

마치 어두컴컴한 동굴을 탐험하는 듯한, 알 수 없는 불안과 호기심이 한꺼번에 밀려왔다.

이곳에 나를 제외한 다른 손님은 없다.

나는 홀린 것처럼 천천히 걸음을 옮겼다. 적당한 거리를 두고 딜러가 뒤를 따라왔다.

입구 전시 때와 마찬가지로, 화랑은 전반적으로 작품의 장르를 구분하지 않는 듯했다. 시대도, 화가의 국적도, 그림의 화풍도 제각각이다. 작품들이 자유롭다고 할 만큼 흩어져 있지만, 이상하게도 묘한 안정감을 자아내고 있었다.

흥미롭군.

마치 그림이 스스로 자리를 골라 앉은 것처럼 자유롭고 느긋해 보였다.

나는 잠자코 그림 한 점 한 점을 차분히 감상했다.

이곳에는 멋진 작품들뿐이다. 물감을 아낌없이 사용한 유화의 대담한 붓 터치. 빛의 표현이 만들어낸 입체감.

아, 이 그림은 배경 구석구석까지 빠짐없이 그렸구나. 그림에 대한 화가의 사랑이 느껴졌다.

나는 그림 앞에서 가까이 다가갔다가 다시 물러서기를 반복했다. 진정한 예술 작품은 관심을 가지고 볼수록 수다스러워진다.

문득 한 그림 앞에 걸음을 멈추고 가만히 응시하고 있자 딜러가 어느새 바로 옆에 서서 설명을 시작했다. 연하게 번진 푸른 추상화였다.

"안목이 좋으시네요. 이건 유쿠U-ku라는 작가의 작품인데, 요즘 주목받는 신예 수채화 화가랍니다."

푸른색의 명암 대비가 아름답고, 그 한가운데 금색이 강렬하게 빛나며 존재감을 뿜는다. 자세히 보니 중앙에 아주 작은 여자아이가 서있다. 그림책을 펼친 듯한 따뜻함에, 한 방울의 적막함이 스며있다.

나는 천천히 심호흡을 했다. 역시 미술 감상은 좋다. 머리를 느긋하게, 마음을 풍요롭게 만들어 준다. 마치 바닷속에서나 볼법한 푸른색이 몸을 깨끗이 씻어내는 듯했다.

그 여운에 잠겨있다가 다음 그림으로 고개를 돌렸다. 사방 40센티미터 정도의 조그만 수채화. 그곳에는 벚나무가 가득 그려져 있다.

"아, 이건?"

붓질을 보는 순간 절로 미소가 번졌다. 팻말에는 잭 잭슨이라는 이름과 〈사쿠라Sakura〉라는 제목이 적혀있었다. 호주의 인기 수채화 화가다. 나도 그의 작품을 한 점 갖고 있다.

벚꽃 가로수길이라니, 일본을 좋아하는 작가답다. 이건 일본에 머물면서 그린 걸까.

그 그림을 사고 싶었지만, 판매 완료 스티커가 붙어있었다. 아마 구매자가 찾으러 올 때까지 걸어두는 전시인 모양이다.

"와타세 씨는 정말 회화를 좋아하시나 봅니다. 마음에 드는 그림을 볼 때마다 표정이 달라지시네요."

딜러가 기쁘다는 듯 말했다.

"아니, 그야, 뭐……."

보기만 좋아했다면 괜찮았을 텐데, 갖고 싶다는 마음이 생기면 종종 나쁜 쪽으로 기울고 마는 자신을 후회하게 된다. 마음에 드는 그림을 보면 어떻게든 손에 넣고 싶어진다. 혈관이 부푸는 듯한, 그 충동을 뭐라고 표현하면 좋을까.

스미코가 퍼부었던 말들이 문득 떠올랐다.

"적당히 좀 해!"

언제부터였을까. 정년퇴직 후 늘어나기 시작한 그림 수집품들을 본 아내가 좋은 표정을 짓지 않기 시작한 것이. 두 팔로 품지 못하는 커다란 그림을 가지고 집에 들어간 날, 쇳소리를 내며 그녀가 말했다.

"집 안에 온통 내가 모르는 그림들뿐이야. 더 늘어나는 건 못 참아. 이 집이 당신 그림으로 오염되는 거, 이제 지긋지긋해!"

당신 그림. 내가 그린 그림이 아니더라도 내가 사들인 거니까 내 그림에 해당하나. '그림을 소유하고 싶다'라는 욕망이 그렇게 이상한가. 스미코도 그림을 좋아하지 않았나. 나는 그녀가 말한 '오염'이라는 말에 분개해 오히려 반항심이 들었다.

그래서 전보다 더 갤러리를 부지런히 돌아다녔고 지방까지 찾아갔다. 그림을 원하는 마음도 있었으나 집에 있고 싶지 않은 마음도 싹트기 시작했다.

부부가 노후를 편안히 보낼 정도의 저축은 있었으나 내가 자유롭게 쓸 돈은 눈에 띄게 줄어들었다.

어느 날은 둘이 함께 넣은 적금에 손을 댔다. 따로 개인예금이 있었고, 투자 운용도 하고 있어서 가진 돈을 탕진한 건 아니었다. 다만 그 돈은 바로 뺄 수 없어서 살짝 쓰고 나중에 돌려놓을 생각이었다.

그러나 바로 들키고 말았다.

스미코는 충혈된 눈으로 미친 듯이 화를 내고 내게 온갖 모욕적인 언사를 퍼부었다. 이번 일뿐만 아니라 평소 행실이나 그녀 마음에 안 들었던 습관, 과거의 사소한 실수까지 꺼내 일일이 지적하는 바람에 나는 사과할 타이밍을 놓쳤다.

"입 좀 닥쳐!"

끊임없이 울리는 소음에 정신을 차리고 보니 그렇게 소리치고 있었다. 순간 눈을 동그랗게 뜬 스미코는 이내 목소리를 떨었다.

"……최악이야."

이혼해.

그 말을 듣고 '바라던 바'라고 대답을 했다. 싸우자고 달려드는 데 그대로 말려든 것이다.

긴 결혼 생활에서 위기는 여러 번 있었다. 아내가 이혼이라는 말을 꺼낸 게 처음은 아니었다. 나 역시 지금까지 그녀에 대한 불만이나 울분이 쌓여있었다. 다만 서로 욱해 말다툼을 벌여도 보통은 일상생활을 보내다 보면 흐지부지되고 어느새 어색함도 사라졌다.

그게 부부고 가족이지.

적어도 나는 그렇게 생각했다. 하지만 그녀는 달랐던 모양이다.

다음 날 저녁, 반쪽이 다 채워진 이혼 서류가 준비되어 있었다. 거실 테이블에 마주 앉아 그녀의 꾹꾹 눌러쓴 글

씨를 보며 나는 어쩔 줄 몰랐다.

사과하려면 지금뿐이다.

내가 잘못했어. 다시는 당신이 싫어하는 일은 안 할게. 그림도 최대한 안 살게.

그러나 입도 벙긋 떼지 못했다. 날카로운 바늘 같은 말이 먼저 마음을 찔렀기 때문이다.

"우린 이미 완전히 망가졌어."

스미코와는 20대 때 내가 근무하는 회사의 창립 기념 파티에서 만났다. 그녀는 해외 화장품 회사에서 일하며 젊은 나이에 이미 중책을 맡고 있었다. 거래처 직원이었으나 그때까지 안면을 트지는 않았다. 파티장에서 가장 눈에 띄는 새빨간 원피스를 입은 모습에 마음을 빼앗겨 자연스레 먼저 말을 건 게 계기였다.

만나자마자 서로에게 푹 빠졌다. 좋아하는 게 비슷했다. 미술품을 감상하고 호화로운 식사를 즐기고 해외여행도 자주 갔다.

결혼식은 유서 깊은 신사에서 전통 혼례로 치르고 도내 호텔 레스토랑을 통째로 빌려 피로연을 열었다. 함께 계획을 세우는 일은 무척 즐거웠고, 동시에 둘의 취미와 취향이 잘 맞는다는 걸 확인하는 과정이기도 했다.

운명적인 사람을 찾았다. 나도, 스미코도 그렇게 생각했다.

혼인 신고서를 구청에 낼 때, 스미코는 '노보루 씨와 멋진 노부부가 되는 게 꿈'이라고 말해주었다. 사람들이 없었다면 그 자리에서 그녀를 꼭 안았을 것이다. 그때 그녀가 보여준 귀여운 미소를 지금도 잊을 수 없다.

그로부터 32년 뒤, 혼인 신고서와 비슷하면서도 다른 종이 한 장을 앞에 놓은 스미코의 표정은 마치 벽처럼 밋밋했고 단 1초도 미소 짓지 않았다.

그녀는 똑바로 나를 응시하며 소름 끼칠 만큼 온화한 목소리로 담담하게 말하기 시작했다.

"이혼의 단점도 생각했어. 이 나이에 새삼 혼자가 되었다가 무슨 일이 생기면 어쩌나 싶은 불안도 있어. 그런데 무슨 일이라는 게 뭘까. 내가 위장염으로 입원했을 때 당신, 한 번도 병원에 오지 않고 그림 경매에 갔지. 내가 창업해 성과를 내도 당신은 그래, 라고만 했고. 나 이제는 힘든 일도, 기쁜 일도 당신이랑 얘기할 마음이 안 들어. 당신에게 뭔가를 받고 싶다거나 해주고 싶다거나 같이 하고 싶다는 생각이 안 들어. 가장 좋아한 사람이 제일 싫어진 게 너무 슬퍼."

대본이라도 써놨나. 스미코의 목소리는 막힘없이 술술 단어를 실어 나른다.

"그래도 30년 이상 살아온 삶의 무게랑 당신의 장점들을 아는 나만의 데이터가 나를 멈추게 했었는데……."

살짝 숨을 내뱉고 스미코는 이어 말했다.

"내가 이제는 정말 끝이라고 깨달은 건 당신이 적금에 손을 댔다는 사실보다 죄책감 없이 오히려 화를 냈다는 거야. 사람과 사람을 잇는 건 결국 사랑이라기보다 신뢰나 존중이라고 생각해. 입 닥치라는 그 한마디가 우리 부부의 경기 종료 사인이었어."

나는 한마디도 대꾸하지 못했다. 그녀가 냉정해질수록 진심이라는 게 전해졌기 때문이다.

"예전에는 당신과 맞이할 먼 미래가 소중해서 무슨 일이 있어도 극복하려 했어. 그렇지만 지금은 하루하루를 기분 좋게 사는 게 더 중요해. 젊지 않으니까 오히려 더 앞으로의 인생에서 매일매일 즐겁게 지내고 싶어. 이렇게 상대방을 스트레스로 느끼며 생활하면 더 무슨 일이 생길 것 같아."

그제야 드디어 이해했다.

그녀는 방을 가득 채운 그림이 싫은 게 아니다. 내가 싫어서 그림까지 끔찍하게 보인 것이다. 우리는 갑자기 그런 게 아니라 오랜 시간에 걸쳐 천천히 망가진 것이다. 이미 벌써 그녀에게 나와의 부부 생활은 완전히 과거가 되어 다시는 돌이킬 수 없는 지경에 있었다.

"당신 아내로 있어야 할 이유를 모르겠어."

당신 아내. 갑자기 그 말이 묵직한 통증으로 다가왔다. 스미코의 얼굴을 가만히 바라봤다.

나이가 들었는데도, 지금 이런 사태에도, 역시 아름다운 여성이었다. 교제할 때 나는 그녀를 '소유하고 싶다'라고 생각했을지 모른다.

그래서 결혼했다. 그러나 사람은 누군가의 소유가 되지 않는다. 뼈저리게 깨달았다.

"그래. 전적으로 동의해. 이혼이 서로를 위해 좋은 일이라고 생각해."

나도 스미코를 따라 감정을 배제한 채 대답하고 볼펜을 들었다.

그 장면이 머릿속에 달라붙어, 아무리 떨쳐내려 해도 떨어지지 않았다.

도대체 어디서부터 잘못됐을까.

내가 적금에 손대지만 않았다면, 이혼까지는 안 갔을지도 모른다. 하지만 훨씬 전부터 서로의 마음이 멀어지는 사건은 많았다.

애초에 결혼을 한 게…… 아니, 만나기 시작한 것부터가 잘못이었을까…….

나는 힘껏 고개를 저었다.

아니, 다 지나간 일이니까 잊자. 한시라도 빨리 없었던 일로 만들어 버리자. 앞으로는 거리낌 없이 그림을 사고, 내가 원하는 대로 살면 된다.

씁쓸한 기분을 털어내려 그림을 보며 걷다가, 막다른 곳에 다다랐다. 그곳에는 빨간색의 2인용 소파가 놓여있었다. 응접 공간처럼 보였다.

소파 맞은편 벽에는 커다란 그림이 걸려있었다.

빛이 바랜 금색 액자에 곱게 장식된 그 작품을 보고, 나는 깜짝 놀랐다. 작품 옆 작은 팻말에는 'Song of Love'라고 적혀있고, 작가 이름이나 가격 표시는 없었다.

상반신이 물고기, 하반신이 인간인 두 존재가 평평한 바위 위에 나란히 앉아 하늘을 올려다보며 기대고 있다. 많은 사람이 상상하는 인어의 모습과는 정반대였지만 분명 이것도 '인어'였다. 성별은 알 수 없었지만 연인처럼 보였다. 제목으로 미루어보아, 그들은 틀림없이 '사랑의 노래'를 부르고 있을 것이다. 그 뒤로는 푸른 하늘과 바다가 펼쳐지고, 대양을 가로지르는 범선이 떠있었다.

나는 이 유명한 그림을 알고 있었다. 르네 마그리트의 〈자연의 경이Song of Love〉.

너무 흥분해서 이마에 땀이 배어 나왔다. 심장이 쿵쿵 뛰어, 숨쉬기가 힘들 정도였다. 하지만, 그 거장의 원화라면 미술관에 있을 터였다. 복제품치고는 놀라울 만큼 완성도가 높았다.

"이건……."

조금 망설이며 물었는데 딜러가 대답했다.

"아, 이건 화랑 소유품이라 판매하지 않습니다."

"설마, 진짜라는 겁니까?"

농담이겠거니 싶어 말했는데 딜러는 눈썹 하나 꿈틀대지 않고 바로 대답했다.

"네, 진품입니다."

자세히 살펴본다. 제대로 물감이 올려져 있으므로 프린트가 아님은 분명한데 의심스러운 이야기였다.

〈자연의 경이〉 진품을 직접 본 적 있다. 아내와 신혼여행으로 간 시카고에서.

"이런 데 마그리트의 원화가 있을 줄은."

가짜가 아니냐는 말을 돌려 말했는데 딜러는 불온한 미소를 지었다.

"인간이 만든 건 다 거짓말이죠······."

뭐? 몸이 굳어버렸다. 딜러는 천천히 말을 이어갔다.

"거짓말과 가짜는 다릅니다. 우리는 거짓말의 힘을 빌려, 더 큰 허구 속에서 살아갑니다. '진짜 거짓말'이란 게 있죠."

거짓말의 힘을 빌려 살아간다고······?

나는 사랑의 노래를 읊조리는 '둘'을 바라보면서 신혼여행 때를 떠올릴 수밖에 없었다.

그때 이 그림 앞에서 나는 스미코와 함께 있었다. 마치 세상에 둘만 존재하는 듯 행복해하는 인어 커플은 곧 우리였다. 장대한 러브스토리의 주인공 같았다. 끝없이 빛나는 미래가 기다리고 있을 거라 굳게 믿었었다. 그 착각이야말로 허구였던 걸까.

딜러는 조용히 웃었다.

"이야기란, 끝까지 가봐야 아는 법이죠."

마음을 읽힌 느낌이 들어 얼굴을 찌푸린다. 아무래도 이 딜러와 대화하고 있으면 내 마음이 엉망진창이 될 것 같다.

실제로 지금 내 눈에 비친 이 그림은 조금 전과 전혀 달랐다. 오랜 세월이 지나면서 결국 돌처럼 굳어버린 두 사람, 그리고 행복해 보이던 저 멀리의 범선마저 환상처럼 느껴졌다. 영원할 것 같던 맹세도, 사랑도 결국은 불안정하고 불확실하기만 하다.

그래서 더 깊이가 느껴지고, 싫어도 빠져들 수밖에 없는 그림이었다.

"……위작이라도 정말 잘 그렸군. 진품 그대로야."

그때 갑자기 뒤에서 쉰 목소리가 들렸다.

"어머, 노보루 아니니?"

뒤를 돌아보니, 보라색 긴 원피스를 입은 노부인이 서 있었다. 숙모였다. 너무 뜻밖의 등장에, 나도 모르게 목소리가 커졌다.

"여긴 어떻게……?"

"그건 내가 할 소리다."

주름진 원피스 자락이 가볍게 흔들렸다.

숙모는 내 아버지의 동생, 즉 삼촌의 아내로 혈연은 아니다. 하지만 입은 거칠어도 사람들을 잘 챙겼고, 이유도 없이 나를 특별히 아껴주었다. 친척들과 거의 왕래가 없는 나에게, 유일하게 가까운 사람이었다.

"기다리게 해 죄송합니다."

딜러가 숙모에게 공손히 인사를 건넸다. 숙모가 이 화랑의 손님이었던 걸까……?

"오늘도 역시 멋지게 입으셨네요."

딜러의 말에 숙모가 입가를 올렸다.

"이거 괜찮죠? 가게에서 입어봤는데 잘 어울린다, 여왕 같다고 점원이 칭찬해서 사고 말았지."

이 원피스라면 그녀가 입은 걸 몇 번 본 적 있다. 멋을 내고 외출하고 싶을 때 자주 찾는 이세이 미야케 브랜드의 나들이옷이다. 온통 보라색으로 몸을 감싼 숙모는 여왕보다 마녀처럼 보여 풋, 웃음을 터뜨렸다. 그 모습을 본 숙모는 미간을 찌푸렸다.

"왜 웃니?"

"아니……. 그게 조금 전까지 여기에 왕자가 있었던 게 생각이 났어."

"왕자?"

"응. 인어가 도망쳤다고 인터뷰해서 화제가 됐어. 왕자가 찾고 있다고."

"여자가 도망간 사람은 너잖아?"

너무나 직설적인 독설에 절로 웃고 말았다. 어깨의 힘을 빼는 자신에게 조금 안도한다. 같은 상황이라도 심각하게 받아들일지, 이렇게 웃어넘길지에 따라 이야기는 달라진다.

문득, 조금 전 왕자와 나눈 대화가 떠올랐다. 새삼스럽지만 나는 그에게 무례한 말을 하고 말았구나.

비극의 시작이라니. 왕자에게도 왕자만의 이유가 있을 텐데.

숙모는 한 손을 들어 질문을 던졌다.

"너, 그거, 어떻게 됐어?"

"아아, 이거……"

재킷 안주머니에서 회중시계를 꺼냈다.

이걸 팔기로 했을 때 괜찮은 중고 판매업자가 있는지 숙모에게 물었지만, 그건 잘 모르겠다면서 대신 팔기 좋은 날을 점쳐주겠다고 했다. 점술가이기도 한 그녀는 몇 가지 조언을 곁들여 주었다.

"거래는 신중하게 해라. 냉정하면서도 강하게. 네 속을 보이지 말고. 아주 조심해야 해. 그리고 너무 기대하지는 말고. 고가로는 못 판다고 나온다."

"싸게 팔 수는 없어요."

나는 반발하듯 덧붙였다.

"상당한 가치가 있는, 괜찮은 빈티지라고요. 또……."

그 시계는 약혼할 때 스미코가 예물로 준 것이다.

받았을 때 내 아내가 얼마나 훌륭한 안목을 가진 사람인지 감탄했던 기억이 있다. 은 뚜껑에는 아름다운 아라베스크 문양이 정교하게 조각되어 있었다. 시계판에는 단순한 그리스 문자만 적혀있어 한눈에 보기 좋았고, 그 위를 도는 시곗바늘 디자인도 세련되어 장점을 한층 돋보이게 했다.

바 카운터 자리에 앉아 유리잔 옆에 시계를 놓으면 마치 내가 세련된 남자가 된 듯한 기분이 들어 기뻤다. 다양한 나라를 여행할 때도 가져갔고, 항상 곁에 두고 내가 시간을 볼 때마다 시계도 나를 바라봐 주는 듯했다. 내게는 추억이 가득 담겨있는 물건이었다.

내가 우물거리자, 숙모가 매몰차게 잘라 말했다.

"얘, 그건 네 추억일 뿐이야. 시장에서 평가받는 가치는 전혀 다르다는 걸 명심해. 진심으로 팔 생각이라면."

맞는 말이다. 이 시계는 이제 내놓아야 한다. 앞으로 그림을 더 자유롭게 수집하고 싶다면 반드시 정리해야 했다.

전처가 준 물건에 미련을 버리지 못하고 붙들고 있어봤

자 비참해질 뿐이다. 이런 걸 계속 곁에 두면, 자꾸 옛 추억이 떠올라서 한없이 속만 끓고 한 걸음도 나아가지 못한다. 이래서는 이혼한 의미가 없지 않나.

나는 숙모가 정해준 날에 집에서 가장 가까운 중고 판매 업자를 찾아갔다. 하지만 완전히 실패했다. 제대로 감정도 하지 않고 모조품 취급을 받은 것이다.

물건은 살 때보다 팔 때가 몇 배 더 어렵다.

가장 큰 실수는 내가 이 시계의 보증서를 잃어버린 것이다. 시계 본체에 제조사 이름이 또렷하게 각인되어 있는데도 진품인지 아닌지 판정할 수 없어 가치를 매길 수 없다고 했다. 보증서 같은 종이쪽지가 위조하기는 훨씬 더 쉽지 않나? 나로서는 도무지 이해할 수 없었다.

숙모의 말처럼, 신중하고 냉정하면서도 강하게, 그리고 조심스럽게 협상했더라면 결과가 달라졌을까. 하지만 나는 참지 못하고 "그럼, 됐소!" 하고 가게를 나와버렸다.

이후 여러 가게를 돌아봤으나 어디나 마찬가지였다.

숙모에게 전화해 사실대로 보고하자 숙모는 엄청나게 화를 냈다. 때마침 기분 나쁜 시기였나 보다.

"그래서 내가 말했잖아, 거래는 신중하게 하라고! 어째서 너는 매사 그 모양이니? 추억일 뿐이라고, 추억!"

그러나 다음 날이 되자 숙모는 한껏 풀이 죽어 전화를 걸어왔다.

"어제는 말이 너무 심했어. 미안하다. 무슨 일이 있으면 내가 도울게."

묘하게 다정한 말을 듣고 있자니 그녀가 어디가 아픈 건 아닌지 걱정되기까지 했다. 여하튼 오늘의 숙모는 건강한 듯 잔뜩 신이 나서 마구 떠들어댄다.

"실은 지난 월요일에 희한한 일이 벌어졌단다. 네가 전화한 날이야. 은행에서 50만 엔을 찾아서 핸드백에 넣었는데 집에 돌아와 보니 봉투째 홀연히 사라졌더라. 백은 내내 들고 있었고 누군가와 부딪히거나 소매치기를 당한 기억도 없어. 그래서 나 자신을 돌아봤단다. 최근 일이 잘 안 풀리고 허리가 아파서 사람들에게 막 짜증을 부렸더라고. 이건 틀림없이 신의 꾸짖음이야."

숙모는 두 손을 모으고 촉촉한 눈으로 말했다.

"나 기도했어. 신이시여, 마음을 고쳐먹겠습니다. 남편에게도, 딸에게도, 조카에게도, 손님에게도, 모든 사람에게 다정하게 대하려고 노력하겠습니다. 그러니까 50만 엔은 돌려주세요."

"그다음에는요?"

"그랬더니 아까 파출소에서 전화가 왔어. 분실물로 신고되었다고. 내가 출금한 은행 봉투였던 데다가 명세표 날짜와 지점 번호가 일치해 돈을 돌려받았어. 역시 사실을 증명할 종잇조각은 중요하단다, 노보루. 확신했어. 역시 신은 있어."

나는 상상했다.

아마도 서둘러 핸드폰을 꺼내다가 실수로 봉투가 길거리에 떨어졌으리라. 지나가던 사람이 그 봉투를 주워 파출소에 맡겼을 뿐이다.

불가사의한 현상이나 초자연적 사건 대부분은 단순한 착각과 본인 실수라고 생각한다. 현실은 원래 그렇다. 그러나 자신의 거대한 망상을 믿는 숙모가 상당히 행복해 보이므로 믿어도 좋겠다. 사실이 어떻든 그게 그녀에게는 진실이니까.

그렇게 생각하니 타인의 인생이란 다 허구처럼 느껴진다. 죄다 자기만 보이는 세계를 살고 있다.

어쨌든 슬쩍 가져가지 않고 파출소에 가져다준 사람이 있었다는 건 행운이라고 할 수 있다. 인성을 갖춘 사람이 주웠다는 건 역시 신의 뜻일지 모른다.

숙모는 딜러에게 몸을 돌렸다.

"자, 내 마음에 든 그림을 사려고 하는데."

딜러는 깍듯하게 인사했다.

"알겠습니다. 가져올 테니 잠시만 기다려 주세요."

그가 사라진 뒤 나와 숙모는 소파에 앉았다.

"아직도 우울하니?"

숙모가 별일 아니라는 듯 툭 던진 질문에, 나는 대답하지 못하고 침묵했다.

"사이가 틀어진 사람들은 말이야, 같이 있으면 싫은 점만 보게 돼. 그런데 막상 헤어지면, 의외로 좋았던 추억이 먼저 떠오르지."

숙모는 담담하게 말하며 내 쪽으로 고개를 살짝 돌렸다.

"싫었던 것도, 좋았던 것도 다 진짜잖니? 그렇다면 함께 살든 헤어지든, 어느 쪽을 택했어도 잘못된 선택은 아닐 거야."

각각이 다 진짜라. 딜러와 같은 말을 한다.

"괜찮아. 고개 들어. 씩씩하게 살아야지. '×'라는 글자를 엑스라고도 읽지만, 곱하기라고도 하잖니. 실패는 벌점이 아니야. 경험의 곱셈이지. 앞으로도 계속 음미할 깊은 인생이라고."

그 말을 듣는 순간, 눈물이 쏟아질 뻔했다. 경험의 곱셈이라니. 잘못된 것도, 나쁜 일도 아니라는 위로가 마음을 흔들었다.

마침 딜러가 그림을 가져와 얼른 눈가를 훔쳤다.

"여기 있습니다."

낮은 테이블에 잭 잭슨의 〈사쿠라〉가 놓였다.

이 그림을 산 사람이 숙모였구나.

막 벚꽃 향기가 퍼질 것 같은 벚나무 가로수길이 그려진 그림을 보며 숙모는 만족스러운 듯 미소 지었다.

"아, 정말 좋은 그림이야."

그 말에 딜러가 고개를 살짝 끄덕였다.

"그럼 포장해 드리겠습니다."

딜러는 크라프트지로 그림을 곱게 싸고, 두꺼운 종이 상자에 조심스레 담았다. 숙모는 돈을 건네고 상자를 받아든 뒤, 가게를 떠나며 내게 환하게 말했다.

"네 별자리를 보면 내년 여름쯤 운이 훨씬 좋아질 거야. 올해 얼마나 정진하느냐가 핵심이니까, 무슨 일이든 열심히 해!"

그 말에 나도 모르게 표정이 풀어졌다. 아무 근거 없는 이야기라는 걸 알면서도, 정말 그렇게 될 것만 같은 기분이 들었다.

"와타세 씨, 내년 여름이 기대되겠네요."

딜러가 공손히 손을 모으며 말했다. 그 말에 나도 웃음을 지었다.

"점술가의 말이라, 얼마나 믿어야 할지 모르겠네요. 무엇보다 운명이란 게 정해져 있다는 것부터."

그러자 딜러가 고개를 기울인다.

"점술을 너무 무시하면 안 됩니다."

"네?"

"안데르센은 열네 살 때부터 유명해지고 싶다고 기도하며 시골에서 도시로 나가겠다고 결심했답니다."

"안데르센……."

또 그 이야기로 돌아가나.

나는 이마를 긁으며, 어쩔 수 없이 딜러의 이야기에 귀를 기울였다.

"코펜하겐으로 가고 싶다고 어머니께 말했는데, 어머니는 완강히 반대했죠. 하지만 하도 조르니까, 어머니가 동네의 지혜로운 노파에게 상담하러 갔다더군요."

"지혜로운 노파요?"

"네, 점이나 예언을 보던 분이죠. 안데르센 어머니는 고민이 있을 때마다 그분께 의지했다고 해요. 그 노파가 커피와 카드 점을 보고 '네 아들은 위대한 사람이 될 거야'라고 했답니다. 그래서 결국 어머니는 울며불며 어쩔 수 없이 승낙했다더군요."

커피와 카드 점?

울면서도 받아들였다니, 허튼소리 같으면서도 묘하게 설득력이 있었다. 완전히 딜러의 이야기에 빨려든 나를 자각하며 물었다.

"그 지혜로운 노파가 정말 안데르센의 미래를 맞혔단 말입니까?"

"결과적으로는 그랬죠. 만약 그 노파가 '아이를 그냥 시골에 남겨두라'고 했다면, 오늘날 우리가 아는 명작들은 세상에 없었을지도 모르니까요. 예언이라기보다, 방향을 틀어준 거라고 보는 편이 옳겠죠."

왠지 머리가 복잡해졌다.

실마리를 찾으려 생각에 잠기는데, 문득 말이 흘러나왔다.

"……그것마저 운명이었을까요?"

더 거슬러 올라가, 안데르센의 어머니가 그 노파에게 상담하러 간 것조차 운명으로 정해져 있었다면 앞뒤가 맞는다.

나 역시 스미코와 만나고 이혼한 일까지 전부 처음부터 결정된 것이라면, 조금은 마음이 편해졌다.

숙모의 가게에 손님이 끊이지 않는 이유도 알 것 같았다. 사람들은 고민이 있을 때, 보이지 않는 무언가의 목소리를 듣고 싶어 한다. 과거든, 미래든, 인간이 조종할 수 없는 자연 현상처럼 느껴지니까.

자연의 경이. 마그리트 작품의 번역된 제목을 떠올리고, 다시 그림을 바라봤다.

생각해 보면, 이 인어들의 관계도 무엇으로든 해석할 수 있었다. 연인, 부부, 부모와 자식, 형제자매, 스승과 제자, 친구⋯⋯.

얼핏 남녀로 보이는 모습과 제목 때문에 연인이라고 단정했을 뿐이다. 하지만 그걸 증명할 방법은 아무것도 없다.

세상이 우리를 '진짜' 부부로 인정한 이유도, 결국은 '호적'이라는 증명서 덕분이었다. 혼인 신고서 한 장으로 가족이 되었고, 이혼 신고서 한 장으로 남남이 되었다.

둘의 몸은, 세포 하나도 변하지 않았는데.

샴 고양이가 소리 없이 이리로 다가와, 딜러 발밑에 웅크리고 앉았다. 나는 그 모습을 가만히 바라봤다.

"말씀하신 대로 사람들은 그걸 운명이라고 부르죠. 모든 건 신이 정한다고. 진위는 아무도 모르지만……. 하지만 한 가지 분명한 건."

고양이를 품에 안아올린 딜러가 말했다.

"코펜하겐에 가겠다는 열망을 품은 것도, 수많은 작품을 쓴 것도 다 신이 아니라 안데르센이라는 겁니다."

그 말이 가슴을 깊게 때렸다. 커다란 위로가 되어 마음을 차분하게 가라앉혔다.

참으로 불가사의했다. 다시금 〈자연의 경이〉가 희망적인 그림으로 보였다.

우스꽝스러우면서도 신성하고, 환상적이면서도 사실적이며, 가혹하면서도 관대하다.

금방이라도 무너질 것처럼 위태로우면서도, 동시에 착실하고 단단한 일상.

그림 속 두 인어는, 경이로 가득한 자연을 살아가는 우리 인간의 모습과 다르지 않았다.

이 기묘한 화랑의 소장품.

그렇게 생각하니, 진품이나 다름없었다.

이곳에서 떠올린 수많은 생각들이 이 그림에 특별한 기억으로 고스란히 새겨져 있었다. 그것은 내게 있어 무엇과도 바꿀 수 없는 소중한 가치를 지닌 것이었다.

나는 조심스럽게 물었다.

"이거…… 파실 수는 없나요?"

이 그림만 곁에 두면, 그리고 바라보기만 한다면 언제든 평온한 마음을 되찾을 수 있을 것 같았다. 아무리 비싸도 반드시 갖고 싶었다. 다시 혈관이 부풀어 오르는 듯한 강렬한 충동이 밀려왔다.

"판매용이 아니라서요."

딜러는 고개를 살짝 기울이며 턱을 만졌다.

"하지만…… 와타세 씨의 컬렉션에 추가된다면, 이야기는 달라질지도 모르겠습니다."

그러고는 나를 바라보며 부드럽게 미소 지었다.

"그 회중시계와 바꾸시는 건 어떨까요?"

숨을 삼켰다. 손에 든 회중시계를 가만히 바라봤다.

운명. 정말 그런 걸까?

보증서를 잃어버린 것, 마땅한 매입자를 찾지 못한 것, 수상쩍은 중고업자를 찾기 위해 들른 가게의 문이 닫혀있던 것…….

모든 게 결국 이 결말을 위해 쌓인 복선이었나 하는 생각이 들었다. 이 그림을 손에 넣기 위해.

그렇다면 이건 신의 계시인 걸까.

거래는 신중하게.

격렬하게 치솟은 감정을 진정시키듯, 숙모의 말이 떠올랐다.
아아, 이제야 후련해졌다.
나는 작게 숨을 내쉬며 웃었다. 그리고 천천히 고개를 저었다.
"이 시계는, 팔지 않겠습니다."
이 시계는 내 것이다. 스미코의 선물이라는 출발점까지 포함해 어떤 물건과도 절대 바꿀 수 없는, 사랑으로 가득한 소중한 물건이다.
여기에는 나만이 아는 '가치'가 있다. 이제야 내 진짜 마음을 마주했다.
찰칵, 시계 뚜껑을 열어 시간을 확인한다.
그래, 이 번거로움이 좋다. 시간을 '가지고 있다'는 로망.
단 하나, 나만이 나오는 이야기를 살아가는 내 인생에는 해피엔딩도, 새드엔딩도 없었다. 빙글빙글 도는 시곗바늘처럼, 모든 것은 곧 출발점이자 도착점이었다.

이제 과거를 부정하거나 지우는 짓은 그만두기로 했다.

모든 시간을 통째로 껴안고 살아가야만, 틀림없이 지금을 살 수 있을 테니까.

조금씩 태엽을 감는다.

언제나 조금씩 느려지는 시간을, 천천히 맞춰가면서.

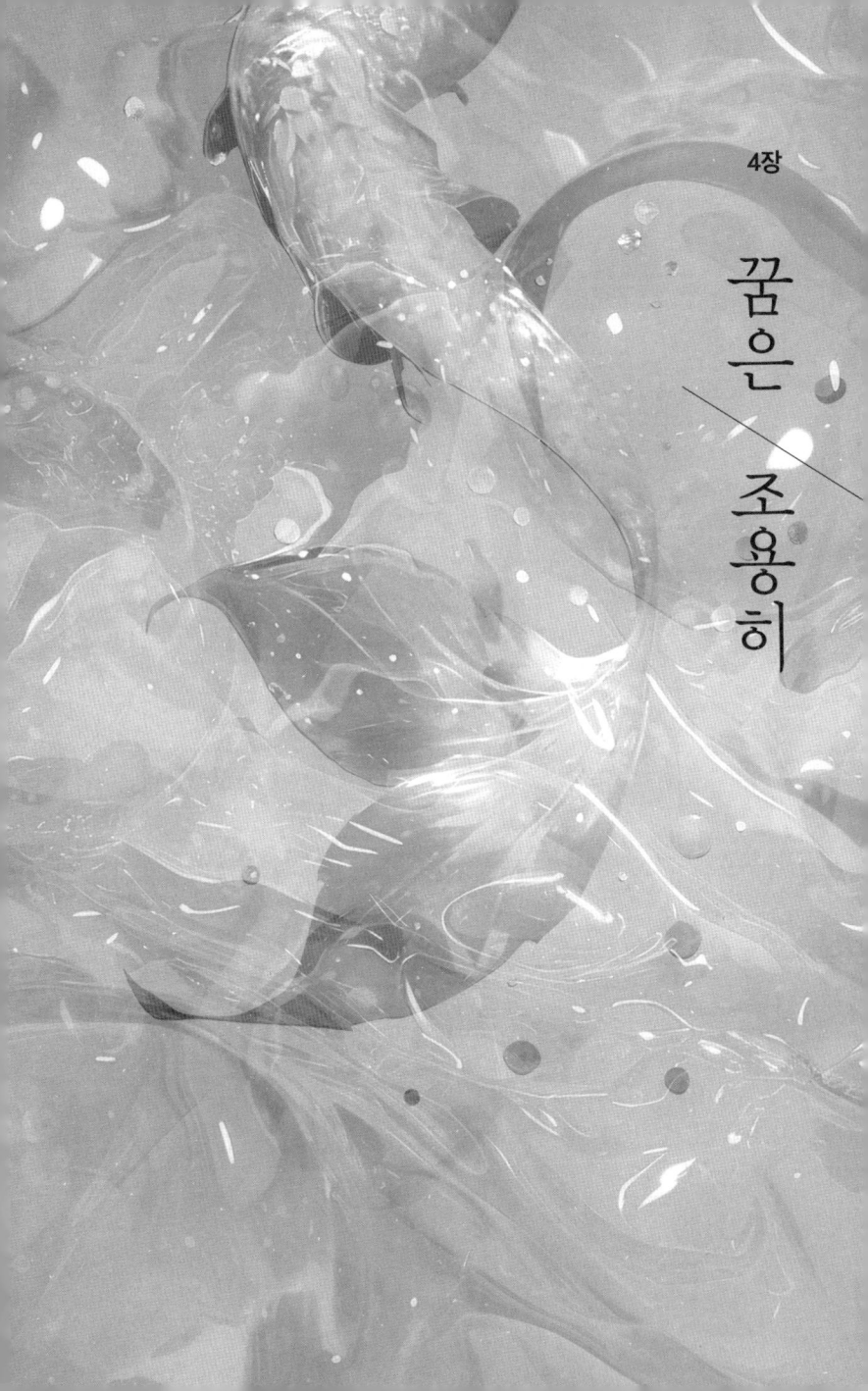

아무에게도 말하지 못하고 알리지도 않았어.

　내 안에서 흘러넘치는 수많은 말을 전하고 싶어서 내내 몸부림쳤어.

　오로지 홀로.

"마마!"

　주오도리의 인파 속에서 중년 남성 목소리가 귀에 들어왔다.

　소리가 난 쪽을 돌아보니 주니치 드래곤스의 파란 모자를 쓴 남자가 있었다. 물색 폴로셔츠에 회색 바지를 입은 캐주얼한 모습이 오히려 고급스러움을 자아내고 있었다.

그의 시선 끝에는 날씬하고 젊은 여성이 걷고 있었다. 화려하지는 않지만 세련된 아름다움이 묻어나는 사람이다. 남성은 예순쯤 되어보였고, 여성은 30대 초반 정도로 보였다.

어머니도 아닌, 자기 딸뻘인 아가씨에게 '마마'라니.

"어머, 오랜만이네요." 여성이 멈추더니 화사하게 인사했다.

"요즘, 가게에 못 가서 미안해." 드래곤스 모자의 남성은 흐뭇한 표정으로 말한다.

"바쁘셨겠죠. 언제든 오세요. 기다리고 있을게요."

긴자에는 클럽이 많다. 아마 둘은 손님과 호스티스 관계겠지.

나는 스치듯 지나가며 생각했다.

왜 클럽이나 스낵바*의 주인을 '마마'라고 부를까. 보통 찻집이나 음식점 주인이 남성이어도 '파파'라고 부르지 않는데.

이런저런 생각을 곱씹으며 교분칸으로 들어서려다 어떤 사람과 어깨가 살짝 부딪혔다.

---

* 서민적인 분위기의 유흥업소.

"죄송합니다."

반사적으로 사과하자, 검은 뿔테 안경을 쓴 남자가 "아, 제가 더 죄송합니다." 하고 고개를 들었다.

이상하게도 요즘은 길을 걷다 보면 사람들과 자주 부딪힌다. 정신이 딴 데 팔려있다는 증거겠지.

교분칸은 9층으로 된 긴자의 오래된 서점으로, 실내에는 카페도 있다.

나는 계단을 이용해 문학책이 있는 2층으로 올라갔다.

구사카베 신지로

이 작가의 이름이 적힌 소설이 문학 코너에 진열된 모습을 보고 가슴을 쓸어내린다.

내 이름이다. 다행히 신간이 높게 쌓여있다. 책장 'ㄱ' 코너에도 이전 작품 두 권이 나란히 꽂혀있다.

매일 수많은 책이 쏟아지는데, 서점은 넓지 않다. 그 한정된 공간에서 내 책이 아직 자리를 차지하고 있다는 사실이 한없이 나를 격려한다. 책장의 '자리'는 마치 의자 뺏기처럼 매일 빠르게 바뀌니까.

최신작에 두른 띠지가 약간 삐뚤어져 있어, 얼른 고쳐

제자리에 맞춰 놓았다.

서점에는 100년 전 작품이든 최신작이든 똑같이 진열되어 있다. 언제, 누가 썼는지를 이유로 구별하지 않는다. 신인도, 대작가도, 하늘이 내린 문호도 독자에게는 그저 '작가'일 뿐이다.

소설가로 데뷔한 지 이제 곧 8년이 된다.

대학을 졸업하고 조그만 디자인 회사에서 DTP* 운영자로 일했다. 정해진 레이아웃에 따라 인쇄용 데이터를 제작하는 일이었다. 창작자라기보다는, 고객의 요청을 마감에 맞춰 정확하게 구현하는 능력이 더 필요했다.

업무가 한꺼번에 몰리면 정말 벅찼지만, 어느 부분을 어떻게 고치면 되는지 다른 사람이 구체적으로 알려줬기에 나로서는 오히려 편하고 명확해서 좋았다. 하지만 창작은 그렇지 않았다.

소설을 쓰기 시작한 건 대학생 때였다. 신인상 공모전에 몇 차례 도전했지만 1차 심사조차 통과하지 못했고, 결국 작가가 되겠다는 꿈을 접은 채 취직했다. 그리고 서른 살에 결혼했다.

---

* Desk Top Publishing, 인쇄·출판 전용 소프트웨어.

그 뒤에도 포기하지 않고 계속 응모를 이어간 끝에 서른아홉이 되어서야 데뷔에 성공했다.

한 신인상에서 가작으로 입상한 작품을 보고 출판사에서 출간을 제안해 준 덕분이다. 대상 수상작은 아니었기에 화려한 주목을 받지는 못했지만, 그래도 문학계에 한 발을 내디딜 수 있었다.

특별히 화제가 될만한 작품을 쓰지도 않았고, 눈에 띄는 개성도 없어서 금세 유명해진 건 아니다. 나를 알아봐 준 서점 직원과 독자들이 느리지만 조금씩 늘어나며 여기까지 올 수 있었다고 생각한다. 점점 출판사에서 들어오는 의뢰가 많아지고, 소설 잡지 연재도 몇 군데서 맡게 되면서 결국 펜 하나로 먹고살 수 있게 되었다.

그래서 2년 전, 회사를 그만두고 전업 작가의 길을 선택했다.

큰 결단을 내릴 수 있었던 건 아내 다에의 경제적 기반과 넉넉한 성격 덕분이었다.

다에의 친정은 지방까지 포함해 3개의 지점을 둔 야키니쿠 전문점을 운영하고 있고, 그녀 자신도 회사 경영에 참여해 곧 4호점 점장이 될 거라는 이야기가 나오고 있었다.

회사를 그만두겠다고 말했을 때도, 다에는 "괜찮을 것

같은데?"라며 담담하게 받아들였다. 그 순간 안심되면서도 한편으로는 조금 김이 샜다.

다에는 책을 거의 읽지 않는다. 정확히 말하면 활자 자체를 싫어한다. 약품 설명서조차 "이런 거 못 읽어."라며 내게 읽어달라고 한다.

물론 내 소설도 한 권도 읽지 않았다. 다른 작가나 출판사 이름, 문예지의 특징 같은 걸 이야기해도 전혀 관심을 두지 않는다.

결혼 당시 나는 회사원이었고, 다에도 작가의 아내가 될 거라고는 상상조차 하지 않았으니 그럴만하다. 나 역시 아내가 좋아하는 축구나, 선수 이름, 경기 규칙을 하나도 모른다. 서로 관심 영역이 다른 셈이다.

다에는 스포츠를 좋아해 아마추어 풋살팀에서 활동하고, 술자리도 즐겨서 여럿이 모여 시끌벅적하게 노는 걸 좋아한다. 반면 나는 운동도 술도 잘 못 하고 혼자 있는 게 편하다. 다에와는 전혀 다른 공간에서 살아가는 셈이다.

아마 세상 사람들 대부분은 다에 같은 쪽일 것이다. 그리고 나 자신도, 나 같은 타입은 조금 별난 인간이라고 느낀다.

전업 작가가 된 나는 다에에게 앞날이 불확실한 남편이

아닐까. 문득 그런 생각이 스치면 스스로 뿌리치듯 지워 버린다.

문학 코너를 빙 둘러보는데 벽 쪽 구석에서 초등학생으로 보이는 반바지 입은 남학생이 서서 글을 읽고 있다. 무슨 책인지는 모르겠으나 책에 얼굴이 닿을 듯 가까이 대고 열심히 읽고 있다.

내게도 저런 시절이 있었다.

가난해서 좀처럼 책을 사지 못해 서점을 찾아가 서서 읽었다.

서점 주인은 그런 내가 못마땅했겠지만 덕분에 속독 실력이 늘었다. 지금도 꼭 봐야 할 자료나 책이 있으면 서서 읽어야 집중이 잘 되고 내용도 쏙쏙 들어온다.

초등학교 3학년 때, 상점가의 조그만 서점에서 책을 읽고 있는데 책장 먼지를 툭툭 털던 가게 주인이 다가온 적이 있다. 그때 오야지(아저씨)가 말없이 책을 빼앗아 가서 정말 놀랐다. 살 생각도 없으면서 읽기만 해서 화가 났을 것이다. 지금 돌이켜보면 죄송하다.

오야지. 그 단어가 문득 떠오른다.

그것도 불가사의하다. 서점이나 라면 가게의 여성 주인

을 '엄마'라고는 부르지 않는데 남성 주인은 왜 아버지를 부를 때도 쓰는 '오야지'라고 부를까. 아버지도 아닌데.

배낭 바깥쪽 주머니에서 메모장을 꺼냈다. 무인양품의 A6 크기 링 노트로, 링 부분에 펜을 끼워두었다. 아이디어나 궁금한 점, 찾아봐야 할 내용 등이 떠올랐을 때 메모해 두기 위해서다. 지금까지 몇 권째인지 모르겠다. 이 노트 없이는 안 될 만큼 여러 권을 쌓아두고, 다 쓰면 크라프트 종이 표지에 언제부터 언제까지 썼는지 적는다.

메모를 남긴 뒤 천천히 교분칸을 둘러보고, 책 두 권을 사서 밖으로 나왔다.

……이제 슬슬 가볼까.

구두 속 발끝이 살짝 긴장하는 기분이다.

긴자의 보행자 천국은 긴자 도로 입구 교차로부터 긴자 핫초메 교차로까지 약 1,100미터 구간을 일시적으로 보행자에게 개방하는 공간이다. 평소에는 자동차가 점령한 대로가, 이때만큼은 사람들로 가득 차 활기를 띤다. 짙은 녹색 파라솔이 꽂힌 테이블이 곳곳에 놓여있어, 이곳이 무질서한 공간이 아니라 잘 정돈된 평화로운 거리임을 보여준다.

마치 거짓말처럼 느껴지는 이 풍경을 지나 신바시 방면으로 발걸음을 옮겼다. 시세이도 빌딩을 지나자마자 횡단보도를 건너 오늘의 목적지로 향한다.

카페 파울리스타

입구 위에는 돔 모양의 천으로 된 간판이 달려있다.

호흡을 가다듬고 창업 100주년을 넘긴 카페의 문을 열었다.

레트로한 분위기의 1층을 지나 계단을 올라 2층으로 향한다. 2층은 조금 더 캐주얼하다. 중앙에는 오픈 주방이 자리 잡고 있고, 카운터 좌석도 마련되어 있다. 유리 진열장에는 여러 종류의 케이크가 먹음직스럽게 진열돼 있다. 고풍스러운 1층도 좋지만, 나는 밝은 분위기의 2층을 더 좋아한다.

햇살이 쏟아져 들어오는 창가를 바라본다.

계단에서 가장 가까운 테이블. 좋아! '그 자리'가 비어 있다.

잘될 거야.

속으로 몇 번이고 되뇌었다. 괜찮아, 괜찮아, 괜찮아.

의자에 앉아 배낭에서 노트북을 꺼낼 때, 직원이 물과 메뉴판을 가져다주었다. 메뉴판을 펼쳐보지도 않고 따뜻한 커피를 주문한다. 이곳만의 '숲의 커피'를.

컴퓨터를 켜고 화면 구석에 띄워진 시각을 확인한다. 14:56이 찍혀있다. 이제 곧 3시다.

발표는 빨라도 3시 넘어서일 거예요.

담당 편집자인 기타자와가 말이 떠올랐다. 이제 서른으로, 나보다 훨씬 어리지만 눈이 부릅떠질 만큼 유능하다. 아이디어를 정리할 때도, 완성된 원고를 검토할 때도 날카로운 지적을 아끼지 않는다.

아쿠타가와 류노스케, 기쿠치 간, 요사노 아키코 같은 문호들이 사랑한 카페 파울리스타. 여기는 기타자와가 잡담하며 알려준 곳이다. 그 영향으로 나도 이곳에서 그와 미팅을 하고, 원고를 쓰게 되었다.

《모래의 마티에르》라는 제목의 연작 단편집. 그 마지막 장을 쓴 곳도 바로 이 자리였다. 몸이 들썩거릴 만큼 묘한 고양감에 휩싸여, 스스로도 믿기 어려운 무언가를 완성했다는 실감이 났다. 그 뒤에도 카페 파울리스타는 나의 단골 장소가 되었다.

어느 날은 이 자리에서 혼자 책을 읽고 있는데, 기타자와가 전화를 걸어왔다. 1년에 한 번, 대중문학 작품 중에서 우수작을 뽑아 수여하는 최대 문학상인 야마카와 에이고 상 후보에 《모래의 마티에르》가 올랐다는 소식이었다.

나는 확신이 들었다. 역시 이 자리는 나에게 최고의 행운을 가져다주는 '파워 스팟'이 틀림없다고.

오늘은 그 야마카와 에이고 상의 최종 결과가 발표되는 날이다. 수상 여부는 기타자와가 출판사를 통해 알려줄 것이다.

나는 망설임 없이 이 카페에서 결과를 기다리기로 했다. 그리고 기타자와에게 부탁했다. 만약 떨어지면 메일로 간단히 결과만 알려주고, 수상한다면 전화로 함께 기쁨을 나누자고.

핸드폰을 매너 모드로 설정하고 테이블 위 손 닿는 곳에 올려두었다. 이 자리는 계단 옆이라 전화가 오면 바로 나가서 통화할 수 있다.

'숲의 커피'가 나왔다.

나는 컵에 그려진 초록색 로고 마크를 바라보며 전화가 오기를 기도했다.

스스로 움켜쥐어 달성하는 게 아니라 누군가에게 '선택되어' 주어지는 영광.

상업 작가로 살아가는 길도 마찬가지였다. 노력만으로 되는 일도 아니고, 숫자로 가늠할 수도 없다. 정답도 없고 오답도 없으며, 오직 선택될 뿐이다. 좋은 작품이라고 인정받아야 한다.

애타는 마음으로 커피를 한 모금 삼킨다.

작가가 할 수 있는 일은 단 하나, 그저 쓰는 것뿐이다. 진심으로, 그것뿐이다.

컴퓨터를 켜고 일단 메일을 다 확인한 다음, 북마크해 둔 SNS 사이트를 열었다.

핸드폰에도 앱이 있지만 계속 보다 보면 너무 시간이 빨리 흐르고, 눈도 피곤하고, 어깨도 뭉친다. 그래서 SNS는 되도록 컴퓨터를 이용하기로 했다.

익숙한 서점이나 아는 작가의 글이 이어지는 가운데 불가사의한 트렌드 검색어가 올라와 있었다.

#인어가도망쳤다

드라마나 영화 제목인가?

해시태그를 누르니 주당의 초반 인터뷰에서 왕자라고 주장하는 남자가 일으킨 소동이 등장했다.

— 긴자에서 인어공주가 도망쳤다네요.

로브 아키무라의 우스꽝스러운 얼굴에 대사를 넣은 합성 사진부터 왕자의 말과 행동에 관한 조소, 외모 칭찬이 타임라인을 가득 채우고 있다.

인어공주에 관해서는 더 많은 글이 올라왔는데, 대놓고 비웃는 말투로 그녀의 행방을 걱정하는 글이나 '인어 연구자'라는 사람이 인어에 관한 지식을 자랑하고 있다. 듀공*을 인어로 착각했다는 설, 인어고기를 먹으면 불로불사한다는 설 등…….

스크롤을 내리자 젊은 여성의 사진이 눈에 들어왔다.

하반신에는 지느러미를 본뜬 의상, 상반신에는 조개껍데기 모양의 비키니 톱을 입고 있었다. 하우스 스튜디오 같은 곳인지 다리가 달린 서양식 새하얀 욕조에 몸을 담근 채 생긋 웃고 있는 모습 위로 찾아봐♡라는 글자가 적혀

---

* 바다소의 일종.

있었다.

세 자릿수의 '좋아요'가 눌려있었지만, 이 사람이 정말 본인인지는 알 수 없다. 어디선가 가져온 사진일 수도 있다. 물론 진짜 인어일 리는 없고, 인간이 코스튬플레이를 한 사진이었다.

코스튬플레이.

부럽다. 나 아닌 다른 사람이 될 수 있다는 게. 그렇게라도 아름다워질 수도, 강해질 수도 있으니까.

예전부터 생각해 왔다. 누구든 될 수 있다는 점에서 코스튬플레이어와 소설가는 닮았다. 그 왕자라는 사람도, 아마 마찬가지일 것이다.

인어가 도망쳤다고……?

이상하게도 그 말이 묘하게 창작 의욕을 자극했다.

'도망'의 한자, 도逃를 가만히 응시한다.

辶은 나아가거나 간다는 것, 혹은 발의 움직임 같은 걸 뜻한다.

거기에 얹힌 조兆는 뭘까.

아, 조짐이구나.

'도망치다'란 말은, 나쁜 조짐에서 등을 돌리고 좋은 조짐을 향해 나아간다는 뜻일지도 모른다. 내 멋대로의 해석이지만, 그렇게 생각하면 조금은 납득이 된다.

그렇다면 조는 왜 이런 형태가 되었을까.

메모장을 꺼내 다시 컴퓨터로 '조'의 어원을 검색한다.

몇몇 사이트를 훑어보니, 조는 거북이 등껍질을 태울 때 생긴 금의 형태를 본떠 만들었다는 설이 많았다. 태곳적 사람들은 그 불규칙한 형태와 색을 보고 길흉을 점쳤다는 것이다.

그런 건, 누가 어떻게 정한 걸까?

처음 이걸 고안해 낸 사람의 '허구'였을지도 모른다.

그렇게 만들어진 이야기를 믿고, 거기에 기대어 미래를 점치고 울고 웃는 사람들은 옛날부터 지금까지 줄곧 이어져 왔다. 좋은 조짐을 알면 안심하고, 나쁜 조짐을 알면 피하려 애쓰면서.

그렇게 더듬더듬 조심하며 살아야 할 정도로 인간은 약했다. 아니, 반대로 강했을지도 모른다. 자기 사정에 맞춰 세상을 바라볼 만큼.

나도 마찬가지다.

야마카와 에이고 상의 결과를 기다리며 이 카페를 선택한 것도 완벽한 징크스다.

일찍 이 가게에 와서 자리를 맡는 방법도 있었다. 그러나 작위적으로 행동하지 않고 길흉을 점치는 심정으로 늘 오는 시간에 맞춰왔다. 그래서 더 오늘, 이 자리가 비어있었다는 우연에 얼마나 안심했는지 모른다.

믿는 것이다. 내가 만든 '허구'를.

유명한 소설가들이 편집자와 미팅하고 원고를 쓰고 수많은 명작을 세상에 내놓은 카페 파울리스타.

명작이란 어떤 작품일까. 평가되어야 하는 건 작가일까. 〈모모타로桃太郞〉나 〈일촌법사一寸法師〉 같은 오랜 전래 동화는 작가도 모르는데.

기타자와의 연락이 좀처럼 오지 않는다.

괜히 《인어공주》를 검색해 보았다. 줄거리는 대강 알고 있었지만, 좀 더 자세히 알고 싶었다. 내용을 해설한 사이트가 정말 많았다. 안데르센과 《인어공주》를 사랑해서 널리 알리고 싶어 하는 사람들이 이렇게 많다니.

사랑하는 왕자를 죽이지 못한 인어공주는 결국 바다에 몸을 던지고, 거품이 되어 사라진다······.

대부분이 그게 이야기의 결말이라고 알고 있을 것이다. 나 역시 그렇게 기억하고 있었다.

그런데 안데르센 애호가들이 모은 자료에 따르면, 원작에서는 인어공주가 거품이 된 뒤 곧바로 사라지지 않고

'공기의 요정'이 되어 300년 동안 사람들에게 바람을 보내고 꽃향기를 흩뿌리며 모두가 기운을 차릴 수 있도록 도와야 비로소 영원한 영혼을 얻게 된다고 한다.

300년.

그렇다면, 인어공주는 아직도 이 근처 어딘가 떠돌고 있을까?

저도 모르게 창밖을 바라봤다. 바람결에 실려 공중을 떠도는 인어공주가 어렴풋이 보이는 듯했다.

이 '바람의 결말'보다 '거품으로 사라지는 결말'이 더 널리 알려진 이유는, 아무래도 후자가 훨씬 강렬한 인상을 남기기 때문일 것이다. 독자들의 기억에 오래 남고, 더 많은 사람들에게 회자될 수 있도록(말하자면 더 잘 팔리도록) 내용이 단순화되어 전해진 걸지도 모르겠다.

안데르센에 대해서도 더 알고 싶어진 나는 컴퓨터를 붙잡고 검색을 이어갔다.

아름다운 목소리를 지녔던 그는 가극 배우를 꿈꾸며 열네 살에 큰 뜻을 품고 코펜하겐으로 올라왔다고 한다. 그러나 건강 악화와 변성기로 노래를 포기하고, 대신 시와 희곡을 쓰기 시작했다. 이후 우여곡절을 거쳐 소설이 알려지고, 곧 동화로도 이름을 떨치게 된다.

당시만 해도 동화는 '문학'으로 인정받지 못했지만, 안데르센은 자서전에서 "동화의 구상이 밀려와, 쓰지 않고는 견딜 수 없었다."고 회고했다.

《인어공주》는 그의 창작 동화 중에서도 가장 길고, 가장 높은 평가를 받은 작품이었다. 동화 작가로서 그가 세계적으로 명성을 얻은 것도 바로 이 작품 덕분이었다.

정말 대단하다, 안데르센.

메모를 멈춘 손끝이 떨리고, 가슴이 뜨거워졌다. 명작을 썼을 뿐 아니라 동화라는 장르의 위상까지 높이다니.

정신없이 움직이던 마우스가 어떤 기사 앞에서 우뚝 멈췄다.

안데르센은 실연의 고통 속에서 《인어공주》를 썼다. 그는 평생 독신으로 지내며 고독하게 살았다.

입술을 꾹 다물었다.

왜 독신이면 곧바로 '고독'이라고 단정지어 버리는 걸까? 이건 너무 성급한 해석 아닌가?

만난 적도 없는 사람이 이렇게 마음대로 추측해 쓴 걸 보면, 안데르센 본인은 기분이 상하지 않을까 싶어 괜히 억울한 마음이 들었다.

좋아. 정했어.

안데르센, 약속할게. 언젠가 한스 크리스티안 안데르센은 누구보다 사랑받고 충만한 삶을 살았다는 소설을 쓸게. 아니, 쓰게 해줘.

이토록 수많은 이야기에 둘러싸여, 이렇게 많은 등장인물과 수많은 독자와 함께 살았으니까. 그리고 지금도.

후, 숨을 내쉬며 식은 커피를 한 모금 마셨다.

핸드폰은 꿈쩍도 하지 않는다. 심사에 시간이 걸리는 걸까, 아니면 기타자와가 연락하기 어려운 상황일까.

2층 자리 창문 너머로 보행자 천국의 풍경이 한눈에 들어왔다. 팔짱을 낀 커플, 유모차를 미는 가족, 끊임없이 떠드는 세 명의 중년 여성.

그들은 무슨 이야기를 나누고 있을까. 서로 어떤 인연일까. 어디에서 와서 어디로 가는 걸까. 그들의 표정을 바라보며 온갖 상상을 펼친다.

망상하는 버릇은 어릴 때부터의 지병이다. 뭘 보고 듣기만 해도 곧바로 다양한 상상을 펼치고 만다.

나만의 세계에 갇히는 성향을 걱정하면서도, 그런 나를 묵묵히 지켜봐 준 부모님 덕분에 지금의 소설가인 내가 있는 것인지도 모른다.

《모래의 마티에르》는 한 화가의 반생을 그린 소설이다.

어느 날 TV에서 한 여성 화가가 인터뷰하는 모습을 보고 마음이 움직여 작품을 썼다.

그녀는 어릴 때부터 초록색에 매료되어, 오직 초록색으로만 그림을 그린다고 했다.

"어딘가에 이미 완성된 그림이 있다는 느낌이에요. 말하자면…… 이 현실과는 완전히 다른 공간이죠. 제가 그걸 옮겨 그리는 도구인 것 같아요. 어머!"

화가는 그곳에서 말을 멈췄다.

"바보 같은 소리라고 할 수도 있겠지만, 그래서 저는 행복해요."

그녀의 웃음 속에서 나는 그녀의 마음을 너무나도 잘 알았다.

나 역시 똑같은 느낌을 품고 있다. 어딘가에 완성된 소설이 존재한다는 감각. 나는 그것을 어떤 형태로든 받아 적고, 그 가르침을 옮겨 적을 뿐이다.

완성된 작품을 볼 때마다 늘 깜짝 놀라게 된다. 아아, 역시 이거였구나 하고.

원고를 쓰기 전에도, 쓰는 동안에도 '정말 쓸 수 있을까?' 하며 퍼뜩 정신을 차릴 때가 있다. 그 순간에는 너무나 큰 두려움이 밀려든다. 나 같은 사람은 역시 안 된다는 생각이 머리를 지배해 무섭기도 했다.

그러면서도 마음 깊은 곳에서는 완성되리라는 걸 안다. 책이 완성될 때마다 이걸 누가 썼나 싶다. 치밀하게 취재를 한 사람도, 두통약이나 위장약을 먹으면서 컴퓨터 앞에 앉아있었던 사람도 틀림없이 나인데.

그래서 더 "동화의 구상이 계속 내게 밀려와, 쓸 수밖에 없었다."는 안데르센의 말을 잘 이해한다. 아무리 생각해도 내가 이야기를 '만들었다'기보다 내가 이야기에 '끌려갔다', 혹은 '빙의되었다'고 하는 게 맞다.

홀로 묵묵히 창작과 마주할 때면, 가끔 머리가 이상해지는 듯한 기분이 든다. 어쩌면 실제로도 이상해졌을지 모른다. 그럼에도 쓰고 있는 원고를 절대 포기할 수 없어, 발광하기 직전의 자신을 겨우 다독이며 글을 이어간다.

한편으로는 이렇게 행복한 일이 또 있을까도 생각한다.

정신을 잃을 듯한 도취감. 이야기를 완성했을 때 치솟는 절정의 희열. 그리고 작품과 나, 아무도 침범할 수 없는 조그만 틈조차 허락하지 않는 강렬한 일체감. 고뇌와 하나가 된 보상.

이것이 바로 작가만이 누릴 수 있는 황홀경이다.

TV 인터뷰를 했던 그 화가도 분명 같은 마음일 것이다.

나와 똑같은 감정을 느끼는 표현자가 있다는 사실에 마음이 놓였다. 사실 나는 이런 이야기를 하면 누군가가 비웃을까 봐 감히 입 밖에 내지 못했다.

왜 이런 방식으로 소설을 '쓰게 되는' 걸까. 도대체 왜?

부르르. 핸드폰이 진동했다.

나도 모르게 숨이 멈춘다. 심장이 튀어나올 듯 쿵쾅쿵쾅 소리를 냈다.

상대는 기타자와가 아니었다. 메일도, 전화도 아니었다. 다에가 보낸 메시지였다.

[지금 어디야?]

기다리고 있던 연락 대신 태평한 메시지가 핸드폰 액정에 떠 기운이 빠진다.

다에에게 야마카와 에이고 상의 후보에 오른 사실도, 심사 결과가 나오는 날짜도 다 알려줬다. 그러나 다에는 오늘이 내게 어떤 날인지, 이 시간이 얼마나 긴박한 순간인지 새까맣게 잊고 있을 게 분명하다.

올빼미 인간인 나는 새벽 3시에 자고 9시나 되어야 일어난다. 오늘 아침 이부자리에서 나와 거실로 갔더니, 마침 다에가 현관문을 닫고 외출하고 있었다. 그녀가 풋살 연습에 나간다는 걸 알고 있었으나 얼굴을 보지 못해 대화를 나누지도 못했다.

설명하기도 귀찮아 [긴자. 카페에서 일하는 중]이라고만 보냈다.

다에와는 오지랖 넓은 먼 친척이 중매한 맞선으로 만나 결혼했다.

"지인의 지인 딸인데 착해. 신지로보다 두 살 어리니까 딱 좋잖아."

그렇게 말하며 사진을 들이밀었다. 사진관에서 정갈하게 찍은 맞선용 사진이 아니라 후지산 정상에 올라 환하게 웃는 스냅 사진이었다.

건강해 보이네. 그게 첫인상이었다. 그리고 후지산 정상에 오를만한 기력과 체력이 있구나 싶었다. 내게는 아마도 없는 요소였다. 나는 삼부 능선에만 올라가도 고산병에 걸릴 자신이 있었다. 마음도 몸도 빈약한 나에게 남은 유일한 장점은 망상 능력뿐이었다.

어물쩍 답을 미루고 있었는데, 어머니가 마음대로 나가

지 찍힌 가족사진을 보내는 바람에 완전히 꼼짝할 수 없는 상황에 빠졌다. 그래서 호텔 카페에서 만났다.

다에는 시종일관 생글생글 웃으면서 자기 얘기를 하거나 내게 질문을 던졌지만 나는 제대로 된 답변 하나 하지 못했다. 여성과의 교제도 그때까지 두 번밖에 없었다. 그중 한 번은 대학 때 친구였는데 취직하자마자 자연스럽게 헤어졌다. 두 번째 역시 친구 소개로 사귀었는데 한 달 만에 차였다.

다에의 인상은 결단코 나쁘지 않았다. 그러나 말도 못하고, 여성에 대한 배려나 에스코트에 서툴고, 취미도 전혀 없는 남자에게 그녀가 호의를 품으리라고 전혀 생각할 수 없었다. 그래서 알아서 거절하겠지, 하며 대답을 미루고 있었다.

그런데 어찌 된 일인지, 다에가 적극적으로 이야기를 진행하고 싶다고 나섰고 그렇다면 나도 거절할 이유가 없어서 몇 번 만나고 결혼했다.

불타는 듯한 뜨거운 연애는 아니었으나 피차 기대 없이 적당히 시작한 게 오히려 좋았을지 모른다. 다에는 자유롭게 스포츠를 즐기고 나는 자유롭게 독서하거나 책을 쓰며 살고 있다.

결혼하고 나서야 안 사실인데 딱 하나, 둘이 함께 즐길 수 있는 게 있었다. TV 드라마였다. 다에는 활자를 끔찍이 싫어했으나 영상은 좋아했다. 드라마를 함께 보며 이러쿵저러쿵 마음대로 감상을 늘어놓는 시간이 우리 생활에 더해졌다.

프로그램 개편 시기가 되면 TV 가이드에 실린 새 드라마 인물 관계도 페이지를 다에는 늘 먼저 살펴보며 "다음에는 이거야."라고 말한다. 각본가나 원작 여부 같은 자세한 정보는 전혀 보지 않고 오직 직감만으로 고르는데, 그녀가 찍은 작품들은 하나같이 시청률이 높았다.

즉, 그녀는 시청자의 '최대공약수' 안테나를 가진 사람인 것이다.

한 번은 어떻게 매번 히트작을 맞히냐고 물어봤다.

"잘 모르겠어. 그냥 이 드라마 재밌겠다는 느낌이 들어. 그게 다야."

다에는 그렇게 대답했다.

'잘 몰라'라는 말은 다에의 말버릇이기도 하다. 말버릇이라기보다 진짜로 모르는 상태라 그렇게 말하는 것 같기도 하고.

내가 따지고 들면 "뭐, 괜찮잖아?"라며 웃어넘긴다. "꼼

꼼꼼하네. 그런 거까지 생각하지 않아도 되잖아." 그런 말도 한다.

나는 모르는 걸 모른 채 두는 걸 싫어한다. 그냥 두면 될 일을 굳이 파고들고 들여다본다. 그래도 결국 모르는 게 많고 의문만 더해지는데도 멈추질 못한다. 그래서 의외로 혼자서 괜히 피곤해진다. 내가 생각해도 까다로운 성격이다. 다에처럼 '뭐, 괜찮잖아?'라고 생각하면 훨씬 편할 텐데.

내가 보낸 메시지에 다에는 OK 이모티콘을 보냈다.

핸드폰을 테이블에 놓은 다음, 컴퓨터에서 워드 프로그램을 켰다. 의뢰받은 소설 잡지의 마감이 다가와 초단편 원고를 써야 한다.

겨우 2,000자 남짓, 잡지 한 면 안에 완결시켜야 하는 짧은 글이다. 나는 결코 집필이 빠른 편이 아니다. 한 줄, 한 구절, 한 단어, 쉼표 하나까지 정성 들여 시간을 쏟다 보니, 지금은 완성된 작품의 전모가 전혀 보이지 않는다.

다른 공간과 자연스럽게 연결하기도 쉽지 않다. 결말이 마음에 들지 않거나 뭔가 어긋난다고 느끼면, 좀처럼 진도가 나가지 않는다. 완성품 구석구석까지 한눈에 보고 술술 써내려 가는 사람이야말로 '천재'라 불릴 것이다.

선천성 이루공이 찌릿 저려온다. 나는 태어날 때부터 왼쪽 귀 위에 작은 구멍이 있었는데, 어머니의 뱃속에서 양수에서도 호흡하는 물고기 같았을 무렵의 '아가미'가 퇴화하고 남은 흔적이라고 한다. 수술할 필요는 없지만, 피곤하거나 스트레스가 쌓이면 곪은 듯 통증이 생기기도 한다.

내가 '물고기'였던 시대의 증거라 생각하니 다시 망상이 떠오른다.

다시 창밖을 바라본다.

주오도리는 거대한 강물처럼 흐른다.

선천성 이루공을 가진 인간이 여기 얼마나 있을지 모르겠지만, 그곳을 걷는 사람들은 마치 흐름에 몸을 맡기거나 거스르며 헤엄치는 작은 물고기 같다.

나뿐만이 아니다. 보행자 천국을 활보하는 모두가 사실은 물고기였다. 한 사람도 예외 없이.

첨벙첨벙 헤엄쳤던 기억 없는 과거를 품은 채, 지금은 인간으로서 지상에서 살고 있다.

더는 물속에 머물 수 없게 되었다는 사실에 미련도 없이.

물고기를 생각하니 어젯밤 일이 떠올랐다.

다에와 친한 풋살팀 동료 요시미 씨가 말이초밥*을 해 준다며 집으로 초대했다.

나는 기본적으로 모여서 먹고 마시는 모임에 가지 않는다. 게다가 내가 모르는 사람이라면 더욱 그렇다. 그러나 요시미 씨는 전부터 다에와의 대화에 제일 많이 나오는 이름이고 자주 어울린다고 들었다.

"요시미 씨,《모래의 마티에르》읽었대. 구사카베 신지로 작가의 팬이 되었다며 만나고 싶다더라. 요시미 씨 남편이랑 같이 넷이 보자고 했어."

다에의 말에 무거운 허리를 들었다. 아내조차 보지 않은 소설을 간접적으로 안다고 해도 면식도 없는 사람이 사서 읽어준 것이다. 감사를 전하고, 직접 감상을 듣고 싶었다.

선물을 들고 맨션을 방문하자, 거실 테이블에 말이초밥 재료가 잔뜩 준비되어 있었다.

"와, 진짜 만나고 싶었어요!"

요시미 씨가《모래의 마티에르》책과 펜을 들고 달려왔다.

---

* 각종 재료를 넣고 김에 말아먹는 초밥.

"취해서 까먹기 전에 사인부터 해주세요."

쑥스러운 웃음을 지으며 감사하다는 뜻을 전하고 선 채 테이블 구석에서 요시미 씨의 이름을 넣어 사인했다. 그녀에게 고맙다는 말은 들었으나 특별한 작품 감상은 없었다.

"안녕하세요." 요시미 씨 남편은 테이블에 앉은 채 인사했다. 얼굴이 붉은 걸 보니 이미 한잔한 모양이다.

"아내가 늘 신세를 지고 있습니다." 나도 상투적인 인사를 건넸다.

"정말 작가세요? 와!"

요시미 씨 남편이 고개를 내밀며 말해 나는 뭐라고 대답해야 할지 몰라 고개만 끄덕였다.

"저는 전혀 책을 안 읽어서요. 그런데 아는 작가가 생기다니."

그는 내가 금방 사인한 《모래의 마티에르》를 들고 페이지를 휘리릭 넘겼다.

"기회가 되면 읽겠습니다."

그는 푸근한 인상의 얼굴로 웃더니 책을 덮고 회가 담긴 접시 옆에 놓았다.

그 '기회'는 오지 않으리라고 생각하며 요시미 씨의 재촉에 떠밀려 의자에 앉았다.

4장 꿈은 조용히

"일단은 건배하죠. 구사카베 씨, 맥주 괜찮으세요?"

요시미 씨가 밝게 말한다. 다에가 바로 미안해하며 말했다.

"아, 미안. 이 사람, 술 못 마셔. 차나 물이면 좋겠는데."

"그래? 나야말로 미안하지."

둘 다 하도 미안하다고 해서 내가 더 미안했다. 나는 속으로 사과를 되풀이했다.

요시미 씨가 페트병에서 따른 우롱차 컵을 가져다주고, 그대로 나는 다른 셋의 맥주잔과 건배했다. 새하얀 거품이 이는 황금빛 맥주잔들과는 달리 내 잔은 우중충한 갈색 컵이었다. 셋은 꿀꺽꿀꺽 맥주를 마시며 세상에서 가장 행복한 얼굴을 하고 있었다.

요시미 씨가 단촛물에 버무린 밥을 김 위에 올리며 말했다.

"구사카베 씨, 소설가가 꿈이었다면서요? 그걸 이루다니 정말 대단해요."

"그냥 운이 좋았을 뿐이죠……." 나는 얼버무렸다.

데뷔하고 이런 말을 여러 번 들었지만 들을 때마다 어떻게 대답해야 좋을지 여전히 모르겠다. "정말 굉장하죠!"라고 하면 너무 잘난 척하는 게 될 테고, "아니, 그렇지 않아요."라고 겸손을 떨면 그게 더 얄미울 것 같다.

꿈을 이루었다.

분명 맞는 말이나 실감이 안 되는 말이기도 하다. 컴퓨터 앞에 홀로 앉아 원고를 쓰는 일은, 소설을 응모하던 때나 지금이나 다를 바 없다.

이따금 내 꿈이라는 게 그런 거였나 하고 생각할 때가 있다. 물론 '소설가가 되겠다'라는 꿈이 있었던 것은 틀림없었으나 그것만으로는 어쩐지 납득하지 못하는 부분이 있어 내 안에서 제대로 정리하지 못하고 있다.

요시미 씨 남편이 단새우를 입에 넣으며 말했다.

"소설 쓸 때, 이야기는 어떻게 떠올리세요?"

자주 듣는 질문이지만 대답하기는 늘 쉽지 않다. 나도 설명하기 힘들고, 그저 이야기 스스로 정한다는 말밖에 할 수 없다.

편집자와 미팅하며 아이디어를 짜도 막상 글을 쓰면 전혀 다른 방향으로 전개될 때가 많다. '그런 거였어?'라며 나도 놀랄 때가 많다. 하지만 이런 속사정을 이 사람들에게 자세히 설명할 말주변은 없었다.

"옛날부터 책 읽기를 좋아했어요. 그래서일까요?"

가장 무난한 대답을 짜내고는 우롱차를 한 모금 마셨다.

부엌에서 땡 소리가 울리자 요시미 씨가 "앗!" 하며 일어섰다.

"도미소금구이 하던 중이었는데 다 됐나 봐요. 금방 가져올게요!"

"와! 나도 도울게."

다에도 요시미 씨와 함께 부엌으로 향했다.

남은 건 요시미 씨 남편과 나 둘뿐. 어색한 분위기 속에서 상대도 싹싹한 미소를 지으며 화제를 찾으려 애쓰는 게 보였다.

계속 질문만 받았던 터라 내가 먼저 입을 열었다.

"남편분도 풋살 같이 하세요?"

가장 무난한 질문을 던지자마자 상대는 살짝 안도한 듯 불그스름한 얼굴로 웃었다.

"풋살도 가끔 하고, 아마추어 야구팀에도 들어가 있어요. 근처 초등학교 야구부 코치도 하고요."

"야구요? 멋지네요."

"아니, 아닙니다!"

남편은 남은 맥주를 들이켜고 큰 캔 맥주를 기울여 빈 잔에 따르며 말했다.

"구사카베 씨는 어느 야구팀을 응원하세요?"

"⋯⋯아, 특별히 응원하는 팀은 없어요."

"그래요? 그럼 축구 쪽인가요? 월드컵 때는 정말 수면 부족에 시달렸죠!"

맞아요, 라고 대답할 수 있으면 얼마나 좋을까. 그러나 그런 식으로 얼버무리면 더 궁지에 몰리고 만다. 여기서는 솔직히 대답하는 수밖에 없다.

"축구도 안 하고, 보지도 않아요."

최대한 부드럽고 조심스레 말했다.

그는 희귀 동물을 보듯 나를 바라보며 농담처럼 말했다.

"네? 술도 안 마시고, 스포츠도 안 보고, 그럼 무슨 재미로 사세요?"

⋯⋯무슨 재미로 사는 걸까.

그가 나쁜 뜻으로 한 말이 아니라는 건 잘 알지만, 순간 난감해졌다.

"하하하." 마른 웃음을 흘렸다.

나도 술을 마셨다면 어땠을까. 야구나 축구를 보거나 직접 하면서 신나게 떠들 수 있으면 좋을 텐데.

분명 일본에 사는 대부분 사람들은 내가 모르는 큰 즐거움을 누리며 살고 있을 것이다.

"다 됐어. 이것 좀 봐."

요시미 씨와 다에가 거실로 돌아왔다. 소금에 구워 살이 단단해진 도미 한 마리가 커다란 접시에 놓여있다.

"와! 대단하다! 소주 따자!"

요시미 씨 남편이 환호하자 두 사람도 활짝 웃었다.

신이 난 다에의 옆얼굴을 보며 생각한다.

당신, 정말 나로 괜찮았어?

까다롭고 지루한 나 말고 더 대범하고 활기찬 남자였다면 얼마나 좋았을까. 함께 풋살도 하고, 축구도 보고, 수면 부족에 웃으며 맥주도 마시고.

책 읽지 않아도 세상에서 얼마든지 훌륭하고 즐겁게 살 수 있으니까.

어쩌면 책 같은 거 읽지 않는 편이 훨씬 평화롭고 건강할지도 모르겠다.

"야, 저기 좀 봐."

"앗, 진짜?!"

옆 테이블에서 들려온 목소리에 정신이 번쩍 들었다. 카페는 아까보다 훨씬 북적거리고 있었다. 내 옆에 앉은 두 남성은 학생처럼 보였는데, 내게 말을 건 것은 아니고 오픈 주방 근처 진열장을 보며 수군거리고 있었다.

케이크가 진열된 유리장 앞에 눈길을 사로잡는 인물이 서있었다.

빳빳하게 세운 고풍스러운 하얀 칼라에, 새파란 바지와 긴 부츠. 물결치는 긴 머리카락은 검고 풍성했고 머리에는 황금 왕관을 쓰고 있다.

……왕자였다!

나는 깜짝 놀라 눈을 크게 떴다. 이런 곳에서 만나다니.

"왕자잖아?"

"인어, 그거 아냐?"

옆 테이블의 두 사람은 깔깔 웃으며 슬쩍 핸드폰을 꺼냈다.

씁쓸한 감정이 치밀어 올라, 나도 모르게 벌떡 일어나 진열장 쪽으로 걸어갔다.

이 녀석들, 허락도 없이 왕자의 사진을 찍고 무책임한 말을 퍼뜨려 SNS에 올리겠지. '화제의 인물'이 된다는 위험은 바로 이런 것이다.

허리에 손을 얹고 케이크를 고르는 척하며 왕자의 뒤를 어슬렁거렸다. 힐끗 돌아보니 그들은 여전히 핸드폰을 들고 있었다. 내가 노려보자 그제야 얼굴을 찌푸리며 핸드폰을 내려놓았다.

저 녀석들은 절대로 '구사카베 신지로'라는 작가를 모를 것이다. 알았다면 이미 몰래 찍어서 무단으로 SNS에 올렸겠지. 그런 상황을 떠올리며 내 낮은 지명도에 묘한 안도감을 느꼈다.

수상쩍은 아저씨와 얽히기는 싫었는지 두 사람은 가게를 나가 버렸다. 임무를 마쳤으니 그대로 내 자리로 돌아가려는데 왕자가 갑자기 고개를 돌리는 바람에 똑바로 눈이 마주치고 말았다.

그의 이국적인 외모는 일본인이라 해도 어색하지 않았다. 표정에는 총명함이 묻어났고, 가녀린 몸에 팔은 튼튼해 보였다. 단련된 몸 위에 덮인 의상은 의식이나 결혼식에 입을 법한 유럽 왕실 예복 같았다.

왕자가 친근한 미소를 짓자 내 가슴은 두근대기 시작했다.

완벽한 코스튬플레이와는 달리, 우울하고 외로운 기운이 느껴져 마음이 아팠다. 아직도 도망친 인어를 찾고 있는 건가? 진심으로 걱정해 주고 싶을 만큼.

"예술적인 과자군."

왕자는 진열장을 들여다보며 말했다. 지극히 왕자다운 기품 어린 말투였다. 괜히 기쁜 마음이 들어 코스튬플레이 중인 왕자와 대화를 시작하고 말았다.

"맞아요. 여기는 커피가 맛있지만 케이크도 일품이죠."

왕자는 케이크를 바라보며 조용히 읊조렸다.

"……그 애에게도 먹이고 싶은데."

"인어공주요?"

그러자 왕자가 고개를 들었다.

"당신도 인어공주를 아나?"

"아, 그야 유명한 이야기니까요. 세상 사람들이 다 알 겁니다."

"온 세상이 안다고……? 이 한심한 나를?"

왕자는 눈을 깜박였다. 그 모습이 마치 환상처럼 아련하게 가슴을 울렸다.

그때, 갑자기 바람이 불어왔다. 여기는 분명 실내인데.

왕자의 머리카락이 흔들린다. 놀라 주위를 살폈지만, 어느새 손님은 하나도 없었다.

곁에서 촤아, 하고 들려오는, 파도, 소리……?

설마…… 이 사람, 정말《인어공주》의 그 왕자인가?

자꾸만 그런 생각이 들었다. 동화에서 그대로 튀어나왔다 해도 전혀 이상하지 않을 만큼.

혹시 지금, 어떤 이유로 이곳과 다른 세계가 이어져 버린 걸까?

오랫동안 길러온 망상 버릇을 떨치지 못하고, 나도 모르게 침을 삼켰다.

왕자가 낮게 잠긴 목소리로 말했다.

"내가 구했다고 생각했어……. 사정도 모르면서."

……그렇겠지.

독자인 우리는 '인어공주가 물에 빠진 왕자를 구했다'는 설정만 알고 있었지만, 정작 그는 그때 의식을 잃은 상태였다.

왠지 왕자가 안쓰럽게 느껴졌다.

알몸으로 파도에 쓸려온 여자아이를 성으로 데려가 옷을 입히고 음식을 준 그의 입장에서는, 자신이 구했다고 믿는 게 당연했을 것이다. 비에 젖은 새끼 고양이를 구조한 기분이었겠지.

인어공주를 곁에 두면서, 그 마음속에는 분명 연민이 있었을 것이다. '불쌍하다'라는 감정은 애정의 시작이기도 하니까. 돌보면서 사랑이 싹튼다. 너무나도 자연스러운 일이다.

……다에, 당신도 그런 마음이었나?

늘 궁금했다. 왜 나 같은 사람과 결혼해서 지금까지 잘 지내고 있는지.

혹시 친구도 없는 나를 불쌍하게 여겨서, 자기가 보살펴야 한다고 생각해서가 아닐까.

하지만…… 인어공주 역시 자신이 왕자를 구한 사실을 알아주지 않는 외로움 속에서 사랑을 키워갔던 건 아닐까. 자신이 누구인지, 알아주길 바라는 마음 때문에 더 애틋해졌던 건 아닐까.

나도 다에에게 작가로서의 나를, 그리고 내 작품을 인정받고 싶다. 만약 야마카와 에이고 상을 받게 된다면, 다에는 나를 좀 더 든든한 남편으로 느껴줄까? 그녀는 이 상이 얼마나 큰 상인지조차 잘 모르겠지만, 그래도 신문에 실릴 정도면 조금은 자랑스럽게 생각해 주지 않을까?

……아니, 그런 것에 매달리는 건 결국 나만 힘들 뿐이다. 잘 알고 있다.

차라리 무관심이 낫다. 그 무관심 덕분에 '작가가 아닌 나'가 쉴 수 있는 안식처가 유지되니까. 그 덕분에, 비뚤어진 나조차 이 평온한 일상을 지켜가고 싶다는 마음을 가질 수 있으니까.

왕자는 뭔가를 포기한 듯 먼 곳을 응시했다.

"나와의 만남은 그녀를 고통스럽게 했을 뿐이야."

나는 소리치듯 그 말을 지운다.

"왕자님, 그건 아니죠."

커다랗고 검은 눈동자가 나를 응시한다. 더듬대면서도 내 생각을 말했다.

"인어공주는 당신을 만나고 곁에 있으면서, 또 사랑하면서 사랑을 이루는 것 이상의 소중함을 얻었을 겁니다."

그야, 당연하지 않나?

그녀는 슬픔에 잠겨 거품이 되어 사라진 게 아니다. 후회하며 바닷속으로 가라앉은 것도 아니다. 바람이 되어 사람들에게 기쁨을 전하며, 지금도 하늘을 향해 올라가고 있다.

"그러니까 힘을 내요, 왕자님. 케이크도 먹고."

왕자는 잠시 내 얼굴을 가만히 바라보더니, 살짝 웃었다.

"고맙소. 그렇게 하지."

"초콜릿을 싫어하지 않으시면 오페라 케이크를 추천할게요. 커피랑도 잘 어울리거든요."

왕자는 케이크 진열장을 바라보며 가볍게 고개를 끄덕였다가, 다시 나를 향해 몸을 돌렸다.

"······당신은."

"네?"

"아니, 아무것도 아니오. 왠지 친근한 느낌이 들어서."

······역시.

역시 그렇다.

이 남자는 진짜《인어공주》속의 그 왕자다.

내 망상으로만 이어져 있는 게 아니라, 정말 다른 세계 어딘가에서 나와 연결되어 있는 게 틀림없다.

가슴이 터질 듯 벅차올라 눈물이 날 것만 같았다.

왕자는 내 대답을 기다리지 않고, 쟁반을 들고 기다리던 나이 든 여직원에게 주문을 넣었다.

"오페라라는 케이크를 하나. 그리고 커피도."

여직원은 침착하게 전표에 볼펜으로 주문을 적었다. 왕자의 이 기묘한 차림새에도 전혀 흔들리지 않는 모습이었다.

······어라? 설마 이 왕자, 단골인가?

왕자가 말을 이었다.

"카드로."

카드?

내가 멍하니 눈을 깜빡이는 사이, 왕자는 우아한 걸음으로 가게 안쪽 자리로 향했고, 주문을 받은 직원도 부엌으로 들어가 버렸다.

……뭐지? 카드로 결제하는 왕자라니.

갑자기 현실로 끌려온 듯 온몸에 힘이 빠졌다.

역시 속세의 인간이었던 건가.

그래. 케이크도 커피도 공짜가 아니니 당연히 돈이 있어야 한다.

겉보기에는 빈손에 가방도 없었지만, 저 화려한 의상 어딘가에 신용카드 정도는 숨겨두었겠지.

문득 천장을 올려다보는데 에어컨이 돌고 있다. 갑자기 불어온 바람도, 파도 소리도 저기서 났겠구나.

그래. 오늘은 3월 마지막 날인데도 오후부터 더워진다고 했지.

황당한 일이었다고 생각하며 피식 웃었다. 그리고 가방이며 핸드폰, 노트북까지 그대로 두었던 내 자리로 돌아왔다.

아아, 그래도 잠깐이었지만 정말로 픽션의 세계에 닿았던 기분이 들어 기뻤다. 코스튬플레이를 한 왕자에게 감사하고 싶었다. '친근하다'라고 한 건, 혹시 내 망상하는 버릇을 꿰뚫어 본 말이었을까.

테이블 위 핸드폰을 확인해 보니 부재중 전화는 없었다.

정신을 가다듬고 직원에게 커피 리필을 부탁했다.

돌아가는 길에 다시 교분칸에 들러 《인어공주》 원서를 사야겠다. 안데르센의 자서전도 함께.

곰곰이 생각해 보면, 이야기와 만나는 타이밍은 언제나 예기치 않게 찾아오고, 그 안에는 헤아릴 수 없는 의미가 담겨있다.

나는 앞으로 바람이 불어올 때마다 인어공주를 떠올리게 될 것이다. 상쾌한 바람이 스치면 그녀가 해준 일에 감사하고, 꽃향기가 풍겨오면 "좋은 향기네." 하고 말을 걸지도 모른다. 그리고 왕자에게도 위안과 평화가 깃들기를, 마치 친구라도 된 것처럼 기도할 것이다.

그런 마음이 아마도 지극히 평범한 내 일상을 한층 풍요롭게 물들여 줄 테니까.

집에는 이미 바닥이 내려앉을 만큼 많은 책이 쌓여있으나 어쩔 도리가 없다. 또 이렇게, 특별한 책과 만나고 말았으니까.

기타자와의 연락은 도무지 올 기미가 보이지 않아 다시 초단편 원고 집필에 착수한다.

어쨌든 소설을 쓰는 수밖에 없다. 쓰지 않고는 가만히 있을 수 없는 충동 하나로 이제까지 써왔다. 재능이라기보다 '기질'일 것이다.

심사 결과를 기다리고 있다는 사실을 잊을 정도로 원고에 집중하고 있는데 핸드폰이 진동했다. 이번에는 지잉, 지잉, 착신음이 길다. 전화라는 소리다.

다시 심장이 쿵 내려앉는다. 그러나 액정에 뜬 이름은 다에였다.

가슴을 쓸어내리며 자리에서 일어나 계단까지 나와 전화를 받는다. 느긋한 다에의 목소리가 귀에 들어왔다.

"방금, 내과자 봤거든?"

내과자. 〈내 화과자〉라는 요리 프로그램이다. 가정에서 만드는 화과자 레시피와 매번 초대 손님이 추천하는 일품을 소개한다.

"기요스케가 초대 손님으로 나와서 '고비키초 요시야'의 도라야키*를 소개했어. 긴자에 있다고 해서 마침 잘됐다고 생각했어. 맛있을 것 같으니까 돌아올 때 좀 사와."

"아…… 알았어. 갈 수 있으면."

그 말을 하려고?

얼른 전화를 끊어야 한다.

이러는 동안 기타자와가 전화를 걸 수도 있다. 그러나

---

* 납작한 반죽에 팥소를 넣은 화과자.

다에는 대화를 계속한다.

"원고는 썼어? 여전히 고전 중이야?"

그 태평함에 살짝 짜증이 나 퉁명스럽게 대답했다.

"그냥 그래. 읽으면 3분이면 끝나는 짧은 이야기인데."

"그렇구나."

다에는 평소와 마찬가지로 "잘은 모르지만."이라고 전제하고 이렇게 말했다.

"그렇지만 그 3분 사이에 당신이 쓴 한 줄로 인생이 바뀌는 사람이 있을 수 있잖아?"

내가 쓴 한 줄로…….

다에의 그 한마디는 마른 모래사장에 물이 스미듯 천천히 마음을 채웠다.

그런가? 아내는 내 소설에 관심이 없었던 게 아니다. 상을 타느냐, 아니냐보다 훨씬 더 소중한 걸 이해하고 있었다.

다에는 처음부터 알았을지도 모른다. 내가 왜 소설을 쓸 수밖에 없는지, 어쩌면 나보다 더 깊이. 왜 누군가에게 이끌리듯, 조종당하듯 '쓰게 되는'지를.

누군가가 읽어줘야 비로소 생명을 얻는 소설이라는 것은 결국은 어떤 사람에게 꼭 필요한 이야기를 담은 언어의 집약이기 때문이라는 사실을. 설령 그것이 100년 후에야 닿을 이야기라 해도.

까다롭기만 한 내게, 엄청나게 큰 기쁨이 파도처럼 밀려온다.

그래, 나도 알고 있었다.

100만 부가 찍히든 단 한 부만 인쇄되든, 결국 책을 통해 작가와 독자는 일대일로 마주한다는 것을.

나는 혼자 글을 쓴다.

펼친 페이지 너머에 있는 단 한 사람의 독자를 향해.

어딘가 멀기도 가깝기도 한 곳으로부터 내게 '맡겨진' 무언가를 건넨다.

건네받은 사람에게 건네져야 할 게 제대로 건네지기를 기도하며, 나는 그렇게 이 조용한 꿈을 계속 꾸고 있다.

그리고 문득 묻고 싶어졌다.

"왜 나랑 결혼했어?"

"어?" 다에는 조금 놀란 얼굴로 되묻더니, 곧 담담하게 말했다.

"잘은 모르겠는데, 재미있을 것 같았어. 그게 다야."

"……그래?"

이 말이 이상하게 기뻤다. 세상에 존재하는 모든 긍정

이 담겨있는 것 같았다.

 틀림없이 그녀의 예감은 맞았을 것이다. 그 사실만큼은 굳게 믿을 수 있었다.

 다에가 웃음을 터뜨린다.

 "뭐야? 갑자기!"

 나도 웃었다.

 "뭐, 어때? 괜찮잖아?"

 너무 늦지 않게 집에 가겠다는 말과 함께 전화를 끊었다. '고비키초 요시야'라는 데도 꼭 들러야지.

 그 순간, 기다렸다는 듯이 핸드폰이 진동하기 시작한다.

 지잉, 지잉. 계속되는 긴 진동.

 화면에 표시된 기타자와의 이름을 나는 한동안, 멍하게 바라만 보고 있었다.

5장

당신은 확실히

멀리서 봤을 때는 행복했을지 몰라.

기대하지 않고 상처 입지도 않고, 그저 사랑으로만 가득 찬 평온이 있었겠지.

그러나 나는 내딛고 말았어. 그 한 걸음을.

가부키 극장을 나오자마자 눈이 따끔거렸다.

아스팔트 도로, 묵직하게 빛나는 빌딩, 키 큰 가로등, 그리고 이미 익숙해진 단단한 건축물들이 시야를 가득 채워 잠시 혼란스러웠다.

조금 전까지 분명 에도 시대에 있었는데.

관객석을 떠나 엘리베이터라는 상자를 타고 순식간에

현대에 되돌아왔다. 걷기 시작하자 또각또각 힐 소리가 울린다.

정말 멋진 무대였다. 배우들의 당당하고 화려한 연기는 압도적이었고, 온갖 정성을 담은 무대 장치도 훌륭했다. 밝은 이야기의 흐름 덕분에 에도 사람들의 생활과 생각에 마음이 크게 흔들렸다.

가부키를 여한 없이 즐기려면 몇 달 전부터 표를 예매해 아침부터 밤까지 극장에 머물러야 하지만, 1막만 선택해 볼 수 있는 좌석이 있다는 이야기를 듣고부터는 가끔씩 극장을 찾게 됐다. 전날이나 당일에도 보고 싶은 공연만 골라 표를 살 수 있다. 가격도 비싸지 않아 시간을 내기 쉽다. 자리는 4층이라 무대와 거리가 있지만, 오히려 하늘에서 무대를 내려다보는 듯한 시원한 시야가 마음에 들었다.

캐주얼하게 가부키를 즐길 수 있다는 점에서, 1막 좌석은 공연을 처음부터 끝까지 보는 1층 관객보다 훨씬 다양한 사람들이 찾는다. 외국인도 많고, 젊은 관객들도 부담 없이 보러 오는 것 같았다. 오늘 대각선 앞에 앉은 기모노 차림의 남성은 무릎 위에 찬합 같은 도시락을 올려놓고 있었다. 막간에 도시락을 먹는 것도 가부키 관람의 즐거움 중 하나이리라. 햇볕에 그을린 몸을 앞으로 바짝 기울여 무대에 몰입하는 모습으로 보아 오늘이 그의 첫 관람인 듯했다. 아주 잠깐만 가부키의 세계를 엿보고 싶은 초보자에게도, 1막 좌석은 친절하고 좋은 선택지였다.

주오도리 쪽으로 향하다가 문득 발걸음을 멈추고 가부키 극장을 돌아본다.

둥근 기와지붕이 얹힌 입구에는 붉은 조명이 일렬로 걸려있고, 그 앞 보라색 장막 바로 앞에는 커다란 포스터판이 세워져 있다.

굵은 글씨로 적힌 연극 제목과 화려한 출연진의 모습이 눈길을 끈다. 그중에서도 가장 시선을 사로잡는 것은 요염한 눈빛으로 이쪽을 노려보는 가부키 배우. 이름을 보니 '기요스케'다. 나도 모르게 미소가 번진다.

나는, 긴자의 클럽 크로노스에서 호스티스로 일하고 있다.

기요스케 씨는 일을 시작했을 때부터 알고 지낸 단골손님이다. 재작년에 마담 자리에 올랐을 때도 축하해 주었고, 만난 지도 어느덧 9년이 흘렀다.

허심탄회하게 어울리는 사이지만, 개인적으로 만난 적은 없다.

그래서 공연을 봐도 따로 대기실에 인사를 하러 가는 일은 없고, 감상도 사후 보고의 형태로만 전한다.

가게 안의 나와 이렇게 거리에서 걷는 나는 분명히 다르다는, 나만의 경계가 있다. 그래도 언제 어디서 손님을 마주칠지 모르니 항상 마음을 늦출 수 없다. 오늘도 가부키 극장에 들어가기 전에 긴장했었다.

원칙적으로 손님을 부를 때는 성 뒤에 '님'을 붙이지만, "님 말고 씨라고 불러."라거나 별명으로 불러 달라는 사람이 있으면 그에 맞춘다. 조금 전 만난 드래곤스 팬 손님은 '데이 씨'라는 호칭을 좋아했지만, 밖에서까지 함부로 불러도 되는지는 알 수 없어서 입 밖에는 내지 않는다.

클럽이라는 곳은 하나의 동화 같은 세계다. 손님들은 네온빛 숲을 지나 이 우아하게 꾸며진 공간에 발을 들인다. 현실의 연장에 있는, 최고의 판타지를 맛보기 위해.

그들이 무엇을 기대하든, 우리가 무엇을 제공하든, 서로가 서로를 위한 연기자다. 흥을 깨서는 안 된다.

나는 크로노스에서 '리요 마마'라는 연기자가 된다. 그 역할이야말로 나를 조금 더 분발하게 만드는 힘이었다.

스물일곱 살 때 큰 실연을 겪었다.

3년 정도 교제한 연인이, 따로 좋아하는 사람이 생겼다며 메일 한 통으로 이별을 통보했다.

너무 갑작스러워서 정말 놀랐다. 몇 번이나 함께 미래를 이야기했으니까. 전날까지만 해도 아무 문제 없다고 믿었던 내가 바보 같았다.

그는 같은 회사 동료였고, 우리 둘은 사내에서 공인된 커플이었다. 직원이 열다섯 명 정도 되는 작은 의류회사였는데, 겉으로는 가족 같은 분위기라고 했지만 사실 인간관계는 좁았다. 나는 그곳에서 경리로 일했다.

그가 좋아하게 됐다는 사람은, 그의 영업부에 새로 들어온 신입 여직원이었다. 그녀 역시 우리 관계를 알고 있었던 사람이다.

모든 게 믿기지 않았다. 그도, 나 자신도, 그리고 주위의 누구도.

나만 모르고 있었다. 회사 사람은 훨씬 전부터 다 알고 있었는데.

안됐다고 여기는 것도, 격려해 주는 것도, 부스럼을 만지듯 조심스럽게 대하는 것도, 나를 멀리하는 것도 다 힘들었다. 그래서 회사를 그만뒀다.

한동안 원룸인 내 집에 틀어박혀 있다가 무거운 몸을

일으켜 구직 활동을 시작했다. 시골에서 올라와 혼자 생활하는 자신을 먹여 살리려면 일하는 수밖에 없었다.

그러다 구인광고에서 연예 소속사의 사무직 채용 공고를 발견해 지원했고, 면접까지는 갔지만 떨어졌다.

며칠 뒤, 면접관이었던 매니저가 다시 연락을 해왔다.

손이 예쁘다며, 혹시 관심이 있다면 손 모델을 해보지 않겠냐는 제안이었다.

그 연예 소속사에는 신체 부위 모델 부문이 있었다. 손이나 발, 머리카락, 입술 등 신체 부위 모델을 전문으로 하는 사업 부문이었다.

달리 일을 찾지도 못한 처지라 다시 소속사를 방문했다.

손 모델은 잡지나 광고, 상품 패키지, TV 광고 등 의외로 수요가 많았다. 그러나 손에 표정을 담아내는 일은 전문적인 레슨이 필요했고, 일상생활에서도 꽤 많은 제약과 관리를 요구했다.

손에 상처가 나지 않도록 물건을 조심히 다뤄야 하고, 지나칠 만큼 보습에 신경 써야 하며, 거스러미 하나 생기지 않도록 건강을 유지해야 했다. 여름에도 장갑은 필수였다.

그래도 해보고 싶었다. 손이 예쁘다고 칭찬받는 게 기

뺐고 몰두할 무언가가 필요했을지도 모른다.

연인 따위, 이제 필요 없어. 절대 필요 없다고.

손 모델로 활동하게 되자, 매니저는 마흔을 넘긴 아야코라는 여성을 소개해 줬다.

그녀는 반년 전, 연예 소속사 사장과 결혼한 부인으로, 전부터 모델에게 몸짓이나 행동거지를 알려주는 강사로 참여해 왔다고 한다. 손 관리 방법이나 광고주 요구에 맞춘 손의 움직임 등을 차근차근 배우면서 우리는 많은 이야기를 나눴다.

"저기, 리요, 우리 가게에서 일해보지 않을래?"

어느 날 그런 제의를 받고 처음에는 무슨 소리인지 알아듣지 못했다.

"나, 긴자에서 '크로노스'라는 클럽을 운영해. 손 모델만으로는 수입도 불안정할 거고, 무엇보다 너, 호스티스에 어울려."

손 모델은 둘째치고 호스티스는 너무나 미지의 세계라 내가 할 수 있으리라고 생각하지 못했다. 애당초 접객업을 한 경험도 전혀 없었다.

"저, 말을 잘 못해서 안 돼요."

서둘러 대답했지만 아야코 씨는 고개를 갸웃거리며 말

했다.

"그래? 다른 사람 말을 정말 잘 듣는데. 그게 훨씬 어려워. 너는 그 재능이 있어."

그런가.

나로서는 이해할 수 없었다. 정말 그렇다면 남자에게 차일 일은 없지 않았을까?

"그렇게 미인도 아니고……."

내심 그게 제일 문제일 듯했다. 얼굴 생김새도 감각도 수수해 언제나 콤플렉스였다.

아야코 씨는 갑자기 화사한 웃음을 지었다.

"미인이라. 어떤 사람을 말하는 건지 모르겠는데 네가 자아내는 독특한 분위기는 아주 매력적이야. 그런 건 누가 알려준다고 해서 하루아침에 만들지는 게 아니거든."

고개를 숙인 내게 아야코 씨는 이어 말했다.

"자신의 장단점을 객관적으로 제대로 파악하는 건 쉽지 않아. 그러니까 다른 사람이 하는 말은 일단 순순히 받아들여. 다른 사람 눈에 비치는 자신을 하나의 지침으로 삼아. 참고 정도로 말이야."

차인 지 얼마 안 된 내게 아야코 씨의 말은 큰 격려가 되었다. 이런 '언니'가 곁에 있다는 게 든든했다.

솔직히 밤의 세계에 대한 두려움도 있었다. 그러나 아야코 씨가 빌려준 세련된 드레스는 나를 처음으로 들뜨게 했고, 마스카라 하나로 완전히 달라진 내 얼굴은 나를 더욱 놀라게 했다.

그렇게 해서 시험 삼아 일주일에 두 번 도우미로 시작했다. 이후 "생각보다 더 괜찮다. 너, 이 일이 딱 맞네."라는 아야코 씨의 말에 떠밀려 곧 정식으로 매일 출근해 일하게 되었다.

"아야코 마마가 직접 스카우트했대."

이 자체가 드문 일인 듯 손님들은 내게 관심을 보였고 아주 호의적이었다. 크로노스는 긴자 가운데서도 고급 가게로, 손님도 다 신사들뿐이었다.

아야코 씨 말처럼 이 일이 내게 맞는지는 모르겠다. 그러나 막상 해보니, 사람들의 이야기를 듣는 게 정말 즐거웠다. 상대의 사소한 반응을 파악해 마음의 움직임을 읽고 어떻게 대할지, 의식하면 할수록 새로운 발견이 있었다. 내가 몰랐던 자신을 발견하고서야 드디어 발이 땅에 닿는 느낌이 들었다.

물론 즐거운 일만 있었던 건 아니다. 직업에 편견을 느낄 때도 있었고 위험한 일을 한 번도 당하지 않았다면 거짓말이다. 가게 안에서도 호스티스끼리의 껄끄러운 인간관계에 마음을 써야 했다.

그러나 그런 안팎의 일들을 모두 겪으며, 정말 많이 배우고 생각하며 기회를 얻었다.

사회 문제에도 관심을 가지게 되어, 책이나 영화를 적극적으로 찾아보게 된 것도 이 일을 시작한 덕분이다. 그렇게 하지 않으면 내 몸과 마음을 지킬 수 없었으니까.

아야코 씨의 손님 중 나를 지명하는 사람이 늘어나기 시작했다. 아야코 씨는 오히려 그걸 기쁘게 여기며, 성심껏 지원해 주었다.

나는 솔직히 죄책감이 들었다. 마치 아야코 씨의 손님을 빼앗는 것 같아서.

"마담이 되면 손님과 동지가 돼. 그때부터 또 흥미로운 만남이 시작되지. 그러니까 이건 좋은 흐름이야. 리요는 리요 생각대로, 흔들림 없이 하면 돼."

그렇게 말해준 사람은 기요스케 씨였다. 그는 살짝 고개를 기울이며 물었다.

"확실히, 라는 단어 한자는 어떻게 쓰는지 아나?"

내가 잠시 생각에 잠기자, 기요스케 씨는 코스터를 뒤집어 볼펜으로 '확' 자를 적었다.

확실히.

"확실한 너 자신을 가지면 돼."

아야코 씨에게도, 손님들에게도 많은 것을 배우며 성장했다. 그리고 서른넷이 되었을 때, 아야코 씨의 추천으로 크로노스의 고용 마담 자리를 맡게 되었다.

내가 마담이 된 뒤 아야코 씨는 더 이상 가게에 나서지 않고 완전히 경영 쪽으로 돌아섰다.

처음부터 자신이 있었던 건 아니지만, 지금은 호스티스로서의 나에게 자부심을 느낀다. 후배나 직원들에게도 신뢰받고 있다는 걸 실감한다.

아야코 씨와 손님들에게서 맡겨받은 이 큰 가게를, 책임감 있게 잘 운영하고 싶다.

연인 따위, 이제는 필요 없어. 절대 필요 없다고.

……그때처럼, 그렇게 단단하게 생각할 수 있다면 얼마나 좋을까.

정오가 지나, 도모하루로부터 연락이 왔다.

[오늘 밤, 만날 수 있어요?]

읽고도 답장을 보내지 않았다. 이미 해가 거의 기울었는데.

드디어 왔다. 틀림없이 이별하자는 이야기일 것이다.

어쩔 수 없지. 열두 살이나 연하인 그가 언제까지나 나를 좋아할 수는 없겠지.

처음부터 알고 있었다. 다시 혼자로 돌아가는 것일 뿐이야. 그게 다야. 아까부터 그렇게 자신을 달래고 있다.

2년 동안 이어져 왔으니 길었네.

2년은 '교제 기간'일 뿐, 그와 내가 만난 지는 사실 5년이라는 시간이 흘렀다.

어쩌다가 손님이 연극 표를 줬다.

이야기를 나누던 중, 그가 수첩을 펼쳤는데 사이에 끼여 있는 종이를 발견하고는 내게 말했다.

"아, 잊고 있었다. 지인이 각본을 쓴 연극인데 벌써 다음 주가 끝이네? 초대받았는데 일정이 안 맞아. 자리가 비어있으면 미안하니까 혹시 시간 되면 가줄래?"

"네, 기꺼이요." 책과 영화와 마찬가지로 연극도 종종 보러 가기도 해서 나는 그 표를 받았다. 그 손님이 다음에 가게에 왔을 때 대화 소재로 써야겠다고 생각했다.

마지막 주 일요일. 그 연극의 막바지 공연을 보기 위해 시모키타자와의 한 소극장을 찾았다.

파이프 의자가 빼곡히 놓인 좁고 어두운 극장. 의자 위에는 연극 내용과 출연자 명단이 적힌 전단지와 관객용 설문지가 놓여있었다.

코믹 상황극. 전단지를 가볍게 훑어보니 그렇게 쓰여있었다.

'자신은 외톨이라고 착각한 사람들이 오해하고 빗나가면서도 점점 서로의 마음을 알아간다'는 이야기였다. 웃기고 부조리하면서도 따뜻한 분위기에, 여러 번 웃다가 결국 눈물을 흘렸다.

그중에 갓파 역할을 맡은 남자가 있었다.

온몸에 초록빛 타이츠 같은 의상을 입고 머리에는 접시를 얹은 모습이었다. 출연 장면은 그리 많지 않았지만, 분명 웃음을 유도하는 장치 같은 캐릭터였다. 그런데 이야기가 진행될수록, 그는 무대에 늘 머무는 주인공에게 큰 깨달음을 주는 존재로 보였다. 꽤 중요한 역할처럼 보였다.

나는 그 갓파 연기를 하는 배우에게서 시선을 뗄 수 없었다.

금방이라도 울음을 터뜨릴 듯한 애절하면서도 사랑스러운 표정이, 마음을 끝없이 끌어당겼다. 우스꽝스러운 복장 속에서도 단정한 외모가 드러났고, 몸에 딱 달라붙은 의상은 그의 탄탄한 몸매를 한층 돋보이게 했다.

연극이 끝나고 출연자 전원이 무대에 나왔을 때, 그는 맨 끝자리에 서서 누구보다 깊이 고개를 숙였다. 그리고 고개를 들었을 때, 안도한 듯 평소의 표정을 보였다.

'저런 얼굴도 있구나.'

무대에서 퇴장할 때, 옆에 있던 젊은 여배우가 말을 걸었다. 고등학생 역할을 맡은, 세일러복 차림의 여성이었다. 그녀에게 밝게 대답하며 지은 자연스러운 미소가 참 매력적이었다.

객석이 밝아지자마자 전단에서 그의 이름을 확인했다.

도모하루

이름이 도모하루구나. 이름도 귀엽네.

이름 옆 괄호 안에 적힌 소속사를 보고 깜짝 놀랐다. 내가 손 모델로 일하는 회사였다.

운명?

순간 그런 생각이 들었다, 바보처럼.

같은 소속사라도 보통 직접 현장에 가는 일이 많아 다른 연예인과 알고 지낼 일은 거의 없다. 신체 부위 모델은 기본적으로 단독이라 더욱 그렇다.

관람 후기 종이에 '갓파 연기자가 정말 멋졌어요'라고만 써서 의자에 놓고 극장을 나와 근처 패밀리레스토랑에 갔다.

자리에 앉아 음료 주문을 마치고 소속사 공식 홈페이지에서 그의 이름을 검색했다.

프로필에 따르면 그때 도모하루의 나이는 열아홉이었다. 대학생. 그 시점에서 서른하나인 나와 열두 살이나 차이가 난다는 사실을 알았다. 물론 그 사실은 나를 조금도 낙담시키지 않았다. 그야 그는 현실의 연애 대상이 아니라 이른바 '최애'를 발견했다는 산뜻한 감정으로 오히려 기분이 들떴다.

그가 SNS를 한다는 걸 알고 나도 계정을 만들어 팔로우했다. 물론 그를 응원하기 위한 전용 계정이다.

계정 이름을 뭐로 할까, 아주 망설였다.

본명 리요를 쓰는 게 안 된다면 오히려 이름은 무엇이든 상관없겠지. 여기서는 누구든 될 수 있으니까.

이름…… 이름. 친근한 이름이라면 '아야코'였으나 내가 아야코가 되는 건 아무래도 조심스럽다.

아야코…… 리요. 생각하다가 순간 떠올랐다.

아리스.

좋아. 이상한 나라에 사는 앨리스 같아서 너무 좋다.

그래서 '아리스'라는 이름으로 계정을 만들어 그의 팔로워 중 하나가 되었다. 도모하루를 따라다닐 때, 나는 세일러복을 입은 여배우처럼 그와 또래인 '아리스'였다.

이런 일은, 아무에게도 말할 수 없다. 알리고 싶지 않다.

나는, 홀로 만들어낸 허구 속에서 살았다.

크로노스 마담으로 일하게 되면서 이제 떠날 때가 되었다고 판단해 손 모델을 관두기로 했다.

나이가 그대로 드러나는 곳은 얼굴이 아니다. 손이다.

물론 몇 살이든 수요는 있다. 다만 촬영을 견뎌낼 손을 유지할 에너지는 앞으로 호스티스 일에 쏟고 싶었다.

매니저를 통해 일을 그만두겠다는 의사를 알리고 부슬부슬 봄비가 내리던 날, 마지막 인사를 하러 갔다. 인사를 마치고 로비에 내렸을 때 숨이 멎는 줄 알았다.

도모하루를 마주친 것이다.

그는 에코다라는 남성 스태프와 함께 가볍게 대화하고 있었다.

정말 마지막에, 이런 일이.

팔랑대는 가슴을 억누르며 망설였다. 심호흡을 한번 크게 하고 그의 앞을 지나가도 부자연스럽지 않도록 입구를 멀리 돌아 그에게 다가갔다.

그랬다. 일부러 접근한 것이다. 소속사 관계자로서 애써 아무렇지 않은 척하며. 스치면서 살며시 인사를 건넸다. 틀림없이 미소도 지었을 것이다. 그도, 평범하게 인사했다. 내게는 정말 이걸로 충분했다.

손 모델 은퇴 날에 엄청난 선물을 받았네.

아, 맞다. 이제 장갑은 안 껴도 되겠다. 장갑을 벗으며 출입구로 나가려는데 에코다 씨가 "리요 씨."라고 불렀다.

돌아보니 에코다 씨 옆에서 도모하루가 나를 가만히 응시하고 있었다.

저 눈이 나를 보다니, 정말 놀랐다. 현실 같지 않았다.

내가 두 사람 앞에 서자, 에코다 씨가 그를 소개해 주었다.

"여기는 도모하루. 오늘 그만둔대."

충격이었으나 역시 그렇게 되었구나 싶은 생각도 들었

다. 지난 몇 달 동안, 거의 노출이 안 되는 느낌이었으니까. 대학 졸업을 계기로 이 세계를 떠난다고 해도 이상할 게 하나도 없다. 그렇지만 그만두는구나. 그렇구나……

"저도요." 말하면서 저도 모르게 풀이 죽고 말았다. 도모하루의 모습을 보는 게 정말 이걸로 마지막이라고 생각하니 씁쓸했다.

그러자 도모하루는 싹싹하게 "SNS 하세요?"라고 물었다.

해요. 나 '아리스'예요. 도모하루의 계정을 팔로우하고 있고 '좋아요'도 누른답니다.

그런 말이 순간 머리를 스쳤으나 말할 수는 없다.

"SNS는 안 해요."

내 대답에 도모하루는 잠시 망설이더니 청바지 주머니에서 핸드폰을 꺼냈다.

"아, 죄송해요. 저랑 에코다 씨 사진, 은퇴 기념으로 찍어주실래요?"

"어? 나랑?" 에코다 씨는 쑥스러워하며 웃었다. 바로 끄덕이며 그에게 핸드폰을 받아 사진 세 장을 찍고 돌려줬는데 그가 말했다.

"괜찮으시면 셋이 한 장 어떨까요? 기념으로."

기념으로.

내가 대답할 틈도 없이 에코다 씨가 "좋지! 찍자!" 하고 데스크의 여직원에게 손짓했다.

에코다 씨를 가운데 두고 셋이 나란히 섰다. 현기증이 날 것만 같았다. 셋이서라지만, 도모하루와 함께 사진을 찍다니.

아무 말도 하지 못하고 있는데, 도모하루는 내 표정을 다르게 받아들였는지 재빨리 덧붙였다.

"아! 이 사진은 SNS에 올리지 않을 테니 안심하세요."

그러면서 핸드폰을 들고 환하게 웃었다.

"사진 보내드릴게요. 괜찮으면 연락처라도……."

놀랐다. 요즘 그의 또래 여성들은 이렇게 첫 만남부터 자연스럽게 연락처를 주고받는 걸까.

몽롱한 상태로 가방을 뒤져 핸드폰을 꺼냈다.

그날 밤, 도모하루는 연예계 활동을 그만둔다는 글을 SNS에 올렸다. 그동안 신세를 졌던 분들과 응원해 준 사람들에게 전하는 감사의 메시지였다. 나도 마음을 담아 '좋아요'를 눌렀다.

다음 날, 그의 계정은 삭제되었다. 지금까지 아리스가 눌렀던 수많은 '좋아요' 하트도 함께 사라지고 말았다. 마치 덧없는 거품처럼.

그로부터 사흘 뒤, 도모하루가 처음으로 메시지를 보냈다.

받았다는 사실만으로도 정말 기뻤는데 예의 바른 인사말과 함께 기념사진을 첨부한 데 이어 [괜찮으시면 차라도 하실래요?]라는 말풍선이 나타나 경악했다.

뭐라고 대답해야 할지를 놓고 한나절 고민했는데 곰곰이 생각하면 이렇게 호들갑을 떠는 게 더 불순한 듯했다.

도모하루는 별다른 생각 없이 제의했을 것이다. 소속사에서 우연히 만난 동료와 잠깐 세상 돌아가는 이야기를 나누는 정도의 가벼운 제안이므로 나도 가볍게 응하면 그만이다.

4월부터 광고사 근무가 결정되었다고 적혀있어서 [취업 축하로 하죠]라고 답했다. 이후 몇 번의 대화 끝에 처음 메시지를 받은 날로부터 한 달 뒤 일요일에 에비스의 호텔 라운지에서 애프터눈 티를 마시기로 했다.

디저트를 놓고 마주 앉은 도모하루는 갓파도, 연예인도 아닌 평범한 남성이었다. 케이크를 먹으며 에코다 씨의 웃긴 일화나 꽃가루 알레르기로 고생한 이야기를 해주었다. 턱에 아주 작은 뽀루지가 있었다. 살아있는 인간이었다. 그게 오히려 눈부셨다.

나중에 뼈아픈 일을 당하기 싫어 일찌감치 나이를 밝혔다. 그는 너무 놀라 몸을 뒤로 젖혔다. 이렇게 나이가 많을 줄 몰라 놀랐을 것이다. 역시 조금 상처가 되었으나 일찌감치 알리길 잘했다.

호스티스를 한다는 사실도 솔직하게 말했다. 이 말을 듣고도 그는 전혀 놀라지 않고 "마마라면 책임자네요. 대단하다."라고 말해 김이 샜을 정도이다.

이렇게 도모하루와 가벼운 지인이 되다니, 이것만으로도 대단한 행운이었다. 또, 연애 대상이 아니라 오히려 안도했다. 이 관계라면 괜한 욕심을 부리지 않아도 된다.

이제 약속을 끝내야 할 때, 그가 갑자기 말했다.

"좋아해요."

너무 뜻밖이라 저도 모르게 "뭘?"이라고 되묻고 말았다. 그는 새빨개진 얼굴로 나를 똑바로 바라봤다. 그렇게 몇 초가 지나서야 드디어 의미를 이해했다.

설마! 아니, 이렇게 아름다운 애가? 이렇게 젊은데? 매력적인 여자가 주변에 얼마든지 있을 텐데?

"만난 지 얼마 되지도 않았는데."

어른인 척하는 게 최선이었다. 이 애는 뭐지? 자기가 무슨 말을 하는지 알고 있나?

"그럼, 또 만나주세요."

그의 제안을 거부할 수 없었다. 두 번째, 세 번째 같은 장소에서 만나고도 그는 다시 "좋아해요."라고 말했다.

두 손 들고 말았다. 나 역시 더는 물러설 수 없을 만큼 도모하루가 좋아졌다.

하염없이 두근거리는 가슴을 다스리며 그저 "고마워."라고 답할 수밖에 없었다.

고마워. 다시 연인을 사랑할 수 있는 나로 만들어 줘서.

그 말은 다시 마음에 묻고 말았다.

그 후, 시작된 교제에 여러 번 제동이 걸렸다.

도모하루는 나를 자기 집에 초대해 주지 않았다. 살짝 당황한 목소리로 나와 눈을 마주치지 않으며 형과 같이 산다고 했다. 그게 진실이든 아니든 상관없다. 그렇게 생각하기로 했다. 깊이 파고들면 내게 상처가 될 것 같아서.

거리를 함께 걸을 때 그는 이따금 조심스럽게 손을 잡고는 했다. 기뻤으나 우리 모습을 사람들에게 드러내고 싶지 않았다. 틀림없이 안 어울린다고 생각할 것이다. 젊은 여자들이 옆을 지나가며 힐끔 그를 본다는 걸 안다. 그러나 도모하루는 자신이 얼마나 여자들의 시선을 끄는지 모르는 듯했다.

그래서 나는 야외보다 내 맨션에서 만나는 게 좋았다.

마담으로 취임할 때, 아야코 씨 부부가 소유하고 있던 집들 중 하나를 일반 임대료 반값에 빌려주었다.

"좋은 방에 살아야 해." 아야코 씨의 가르침이었다.

"인간이란, 매일 보는 게 그대로 마음과 몸에 드러나. 기분 좋은 것들에 둘러싸여 아름다운 걸 봐."

호스티스와 손 모델이라는 두 가지 일을 이어오며 그럭저럭 저축해 둔 돈은 있었다. 그때까지 살던 방 하나에 부엌이 딸린 집을 내놓고 소지품과 가구를 전부 새로 바꿨다.

아야코 씨의 말대로 기분 좋은 것들에 둘러싸여 있으면 몸도, 마음도 안정되었다. 그리고 내게 가장 아름다운 존재는 바로 도모하루라는 연인이었다. 다른 건 아무것도 필요 없었다.

1년쯤 지났을까. 가게에서 기요스케 씨와 띠 이야기를 나눈 적이 있다.

"나랑 리요는 띠가 같네."

듣고 보니 우리는 띠동갑이었다. 열두 살 차이는 이런 느낌인가. 새삼 느꼈다.

내가 기요스케 씨에게 느끼는 거리감을 도모하루도 내게 품고 있겠구나. 남녀 사이는 또 다를지도 모르겠다.

우리는 띠가 같다. 12년의 사이클. 내 머릿속에서 동물들이 통통 뛰어 사라진다.

"열두 마리나 되네……."

멍하니 혼잣말을 내뱉었다. 그 테이블에 기요스케 씨와 단둘이 있어서 마음이 풀어지고 말았나 보다.

"남자 친구도 같은 띠인가?"

기요스케 씨의 말에 흠칫 놀랐다.

가부키 명배우의 눈썰미는 정말 예리하다. 연인이 있다는 말조차 한 번도 한 적 없는데.

나는 대답 대신 입술 끝만 살짝 올리며 기요스케 씨의 잔에 코냑을 따랐다.

"내가 맞혔다고 그렇게 떨지 않아도 돼." 그는 잔을 천천히 흔들며 웃으며 말했다.

"연기는 말이야, 관객석에서 제일 잘 보이지. 무대에 선 우리는 잘 몰라."

그 말을 듣고, 예전 연인이 떠올랐다. 관객석에 앉아있던 회사 사람들에게는 우리 삼각관계가 훤히 보였을 것이다. 정작 나는 전혀 알아차리지 못했던 풍경이었는데.

지금의 나도 다르지 않다. 스스로는 보지 못한다.

거울에도 비치지 않는 얼굴, 조금씩 변해가는 손의 피부와 관절을 바라보며 그저 시간의 잔혹함을 느낄 뿐이다.

그렇다면, 어떻게 해야 좋을까?

내가 할 수 있는 건 도모하루가 언젠가 내 곁을 떠나더라도 괜찮을 수 있도록, 마음이 더 깊어지지 않게 단단한 보호 장비를 두르고 계속해서 브레이크를 밟는 일뿐이다.

연상이라는 위치를 빌려 어른인 척하면서.

그런데 시간이 흐를수록 내 마음은 점점 커지고 있다. 그 마음이 결국 그에게도 전해져, 무겁게 느껴질까 두렵다.

도모하루가 잠든 얼굴을 보고 있으면, 차라리 그가 현실의 사람이 아니었으면 좋겠다고 생각한다. 아무런 징조도 없이 찾아온 신선한 설렘을 좇다 깊은 구멍에 빠져버린 내가 바로 '아리스'다.

이렇게 된 이상, 영원히 이 이야기 속에 머물고 싶다. 우리 둘 다 나이를 먹지 않고, 아무도 찾아오지 않는 방에서 오직 둘만이, 내내.

가부키 극장을 나와 주오도리로 접어들었다.

미쓰코시 백화점 앞까지 걸어가 와코 시계탑을 올려다보니, 어느새 오후 4시를 지나있었다.

인도와 차도 모두 사람들로 가득 차있었다. 봄바람이 살짝 부는 좋은 날씨라, 보행자 천국은 평소보다 훨씬 더 붐볐다.

출근까지는 아직 여유가 있었다. 크로노스의 오픈 시간은 오후 8시지만, 직원들은 지금쯤부터 슬슬 준비를 시작할 터였다. 호스티스인 내가 가게에 들어가는 건 보통 6시쯤이다. 주말에는 손님이 그리 많지 않지만, 주말에만 올 수 있는 손님도 있어서 일요일만 정기 휴일로 쉬고 있다.

내 일은 언제나 하루가 다 끝난 뒤에야 끝이 난다. 그래서 도모하루와 만나는 날도 주로 일요일이었다. 토요일에 갑자기 '오늘 밤'이라고 부르는 일은 좀처럼 없었는데, 이번에 한 말은 뭔가 중요한 이야기를 꺼내려는 것처럼 느껴져 마음이 불편했다.

어차피 답장을 보내야 할 메시지라면, 출근할 때까지 거리를 걸으며 생각해 보자. 오랜만에 백화점 구경이라도 할까, 아니면 어디 카페에 들어가 쉴까.

그렇게 고민하고 있는데 핸드폰으로 짧은 메시지가 도

착했다.

점장 요코야였다.

그는 아야코 씨가 클럽을 열 때부터 서빙 직원으로 일하다가 승진한 뒤에도 늘 겸손하고 사려 깊은 사람이었다.

메시지의 첫머리는 [수고 많으십니다]라는 정중한 인사였다.

[아직 집이세요? 실은 지금 사나가 대기실에 와있는데…… 리요 마마와 얘기하고 싶다고 하네요.]

사나가?

그녀는 4년 전쯤에 크로노스에 들어온 후배 호스티스이다.

다른 호스티스가 오기 전에 대기실에 와 마담과 얘기하고 싶다고 청하는 애는 종종 있다. 그 자체는 이상할 게 없으나 사나는 그런 캐릭터가 아니었다. 무엇보다 너무 갑작스럽다.

오늘은 왠지 모든 게, 갑작스러운 일만 일어나네.

나는 거리 옆으로 나와 멈춰 서서 답장했다.

[때마침 긴자에 있어요. 바로 갈게요.]
[사나에게 말해 놓겠습니다.]

짧은 답변에 이어 그답지 않게 조금 긴 메시지가 왔다.

[여담인데 긴자에 인어가 도망쳤다는 얘기가 SNS에서 무척 화제가 되고 있다니, 보시면 소식 좀(웃음). 왕자가 인어공주를 찾고 있다는데 5시까지 제한 시간이 있다고 하네요. 아직 다음 정보는 올라오지 않았습니다.]

친절하게도 인어 소동을 정리한 인터넷 기사 URL까지 첨부했다. 동영상 속 왕관을 쓴 왕자가 참 곱다.
인어가 도망쳤다고?
절로 주위를 둘러보다가 키득키득 웃고 말았다.
오늘 밤, 가게에서 화제가 되겠구나. 요코야 씨는 이야깃거리로 알려주었을 것이다.
《인어공주》. 어떤 이야기였더라. 열심히 떠올린다.
분명히, 바다 위로 올라온 인어공주가 배에 있는 왕자를 보고 사랑에 빠졌고.
갑자기 가슴이 아파지며 울컥 감정이 치민다.

배 위의 왕자는 무대에 오른 스타처럼 보였겠지. 바다라는 관객석에서 인어공주는 그저 남몰래 그를 바라만 봐도 최고의 행복을 맛보았을 것이다.

거기서 멈추지 않고 직접 육지로 나가 처음으로 시선을 맞춘 왕자는 그녀에게 얼마나 눈부신 존재였을까. 그녀는 왕자 곁에서 얼마나 여러 번 가슴이 미어졌을까. 그대로 바다에 있었으면 아름답고 화려한 추억을 품은 채, 평화롭게 살았을지 모르는데.

가게에 도착하니 요코야 씨가 곤란한 표정을 지으며 대기실을 쳐다봤다.

그에게 눈짓하고 대기실을 노크했다. 잠시 후, "네!"라는 사나의 목소리가 작게 들렸다.

문을 여니 사나는 휴식용 테이블 세트 의자에 앉아 똑바로 나를 보고 있었다. 얼굴은 울어서 퉁퉁 부은 채였다.

후배의 상담이라면 크게 연애, 손님과의 문제, 사직 중 하나일 것이다. 사나의 울적한 표정을 보고 연애임을 직감하며 대기실로 들어간다.

"오늘은 날이 정말 좋더라. 아, 목말라."

사나에게 미소를 지으며 정수기에 종이컵을 대고 물을

두 잔 따른다.

　사나 앞에 컵을 놓고 다른 하나는 건너편 자리에 놓고 자리에 앉아 물을 한 모금 마시고 말했다. "맛있다!"

　사나는 가슴에 세련된 레이스가 달린 하얀 드레스를 입고 있었으나 화장은 하지 않았다. 맨얼굴에 진주 귀걸이만이 반짝이고 있다. 긴 머리카락도 살짝 흐트러진 채 늘어져 있다. 사나는 머리를 단단히 묶어 정리하는 게 특징인데 지금은 거기까지 신경 쓰지 못하는 모양이다.

　내가 이야기 들을 준비를 마쳤다는 걸 깨달은 사나는 떨리는 목소리로 말했다.

　"……남자 친구랑 헤어졌어요."

　역시, 연애 문제였구나. 우연하게도 나 역시 오늘 사나와 비슷한 처지가 될 것 같았다.

　속으로 그렇게 생각하며 사나를 바라봤다.

　"사귀는 사람이 있었구나. 몰랐네."

　사나는 고개를 끄덕이며 울먹였다.

　"처음부터 잘될 리 없었어요. 그 사람은 잠깐 흔들린 감정으로 저를 좋아했던 거고, 그것도 처음뿐이었겠죠."

　왠지 내 이야기 같아서 아무 말도 하지 못했다.

　사나는 살짝 고개를 들고 미소를 지었다.

"리요 마마, 제가 처음 크로노스에 왔을 때 기억해요?"

"응. 물론이지."

사나는 면접 자리에서 대놓고 "가출했어요."라고 말했던 아이였다.

"저는 아무것도 가진 게 없었어요. 갈 곳도, 가족도, 돈도, 잃을 것도 없었죠."

아야코 씨가 매듭을 푸는 것처럼 차근차근 들어준 사나의 이야기에 따르면, 그녀는 유서 깊은 양가의 딸로 태어나 어릴 때부터 엄격한 가훈과 관습에 얽매여 살다가, 스무 살이 되자마자 더는 견디지 못해 집을 뛰쳐나왔다고 했다.

"집에는 언니가 있어서 괜찮았어요. 전 늘 언니의 예비 같은 존재였으니까. 앞으로는 제 인생을 살고 싶어요."

"괜찮지 않아? 마음에 들어."

그 말과 함께 아야코 씨는 바로 합격을 줬다.

사나는 청순한 분위기 속에도 강단이 있었고, 몸가짐도 흠잡을 데가 없었다. 크로노스에 들어와서부터 점점 인기를 얻으며 성장했고, 나 역시 후배가 자라나는 기쁨을 크게 느꼈다.

그 청초한 미소로 모두의 마음을 사로잡던 사나였지만,

지금은 우울한 기색이 짙었다.

그녀는 낮은 목소리로 말을 이었다.

"……집에서는 언니를 재벌가와 정략결혼 시키려고 했어요."

갑자기 언니 이야기가 나와서 조금 놀랐다.

"언니?"

"네. 그런데 언니가 그런 분위기를 눈치채고는 교제 중인 연인과 함께 해외로 도망쳤어요. 결국 부모님이 저를 다시 불러서, 언니 대신 결혼시키려고 했어요."

"……말도 안 돼."

"요즘 세상에 아침 드라마에나 나올법한 얘기죠? 도대체 언제 적 사람들인지 모르겠어요. 하지만 현대 일본에도 아직 이런 게 있더라고요. 양가의 번영을 위한 결혼이라면서요."

양가의 번영을 위한 결혼.

그리고 '대타'라는 단어의 묘한 울림에서, 사나의 고통이 얼마나 깊은지 느껴졌다.

어릴 적부터 물건처럼 취급받으며, 딸로서도 한 인간으로서도 존중받지 못했을지 모른다.

면접 자리에서 "가출했어요."라며 후련하게 웃던 그녀

의 표정이 떠올랐다.

그나저나…… '결혼'이라는 주제가 왜 이토록 내 주변을 맴도는 걸까.

누구나 혼자가 될 텐데.

내 상황까지 겹쳐 떠올라, 괜히 가슴이 무거워졌다.

지난주, 도모하루와 함께 OTT 서비스로 영화 〈티파니에서 아침을〉을 봤다. 오드리 헵번이 연기한 홀리는 호감을 품은 남성 폴과 함께 서로 각자 '해보지 못한 일을 하는 데이트'를 하기로 한다.

그녀가 가본 적 없는 도서관, 그가 가본 적 없는 가게.

바로 그 고급 보석점 티파니에서 돈이 없는 그들은 직원에게 '10달러로 살 수 있는 것'이라는 말도 안 되는 주문을 한다.

어떤 허영 없이, 애쓰지 않는, 밖에서의 데이트…….

"……멋지다."

저도 모르게 내뱉고 말았다. 깜짝 놀랐는데 도모하루는 여전히 화면을 보고 있는 걸로 보아 아마도 듣지 못했을 것이다.

나도 사실은, 이렇게 자유분방하게 '해본 적 없는 데이트'를 해보고 싶다. 입을 한껏 벌리고 웃고 거리를 활보하며, 모르면 솔직히 모른다고 말하고, 집에서 고장 난 기계를 척척 고쳐주는 그에게 밖에서도 배우고 싶은 게 정말 많다.

그런 마음으로 영화를 보고 근처 슈퍼마켓에 식재료를 함께 사러 나갔다가 우연히 길에서 기요스케 씨를 만났다. 근처에 사는 그와는 이렇게 가끔 만났는데 도모하루와 있을 때는 처음이라 내심 당황했다.

"어머, 오랜만이네요."

그렇게만 말하고 지나치려는데 기요스케 씨가 도모하루를 쳐다봤다.

"남자 친구인가?"

들키고 말았다. 띠가 같은 연인이 연상이 아니라 연하라는 사실을. 천하의 기요스케 씨도 거기까지는 알아차리지 못했을 텐데. 정말 창피했다.

내가 애매하게 웃음으로 얼버무리려는데 갑자기 도모하루가 "그렇습니다."라고 화가 난 듯 목소리를 높였다. 불쾌한 표정이었다.

역시 도모하루는 싫은 것이다. 내 남자 친구라고 누군가의 놀림을 받는 게.

차도에 세워진 차에서 기요스케 씨의 매니저 유리에 씨가 기다리고 있었다. 쾌활하고 화사하게 웃는 기요스케 씨의 사촌 여동생이다. 나보다 일곱 살 어릴 것이다. 유리에 씨가 나를 보고 인사하길래 나도 인사했다. 그동안에도 왠지 도모하루가 초조해하는 듯해서 나는 크게 동요했다.

"……집이 이 근처야. 우리 가게 단골이고."

어떻게든 대화를 이어가려고 굳이 설명했다. 그러자 도모하루는 차갑게 내뱉었다.

"그래서?"

내 마음에 장벽이 생긴 순간이었다.

이럴 때 감정적으로 행동하는 일만은 절대 피해야 했다. 흐트러진 자신을 보이면 그는 진저리를 칠 것이다. 냉정하고 어른답게 처신하면 된다.

흔들려서는 안 된다. 확실한 자신감으로. 확실하게.

"그러니까 별일 아니라고. 우연히 만나서 인사했을 뿐이야."

도모하루는 바로 그 여자가 기요스케 씨의 부인이냐며 유리에 씨에 관해 물었다.

그가 다른 여성을 언급한 게 처음이라 나는 그 상황이 마음에 들지 않았다. 어색한 대화가 오간 끝에 도모하루가 말했다.

"저런 사람과 결혼하면 좋겠네."

온몸이 차갑게 얼어붙었다.

도모하루는 유리에 씨 같은 여성과 '결혼'하고 싶구나.

그와 있을 때 결혼 얘기를 내내 피해 왔었다는 사실을 그 순간 분명히 자각했다.

도모하루가 누군가와 결혼하는 미래가 느닷없이 현실감을 띠고 나타났다. 그 상대는 젊고 아름다운 여성이지, 절대 내가 아니라는 대답을 똑똑히 들은 느낌이었다.

저런 사람과 결혼하면 좋겠네.

"……그러네."

그렇게 대답하고 잠자코 다시 걷기 시작했다. 도모하루도 아무 말 없었다.

그렇게 어색한 상태로 헤어진 후 피차 연락 없이 지내 왔다.

오늘 정오에 그가 메시지를 보내기 전까지는.

테이블 위에 깍지 끼고 있는 사나의 손을 살며시 잡았다. 집에 얽매이지 않으려고 뛰쳐나왔는데 그 집을 지키기 위해 억지로 끌려가 사랑하는 사람과 헤어지고 말았구

나. 너무 잔인한 이야기다. 위로해 주고 싶었다.

"그 결혼 때문에 사랑하는 사람과 헤어졌구나."

"아뇨. 헤어진 건…… 제가 좋아하는 사람은 그 정략결혼 상대예요."

"응?"

무슨 소리지?

내가 손을 떼지도 못하고 얼어있었더니 사나는 눈을 꼭 감았다.

"부모님이 저한테 결혼을 강요했을 때 저는 모든 수단을 써서 거부할 수 있을 줄 알았어요. 그런데 그러지 못했어요……."

그리고 천천히 눈을 뜨고 이야기하기 시작했다.

제가 여덟 살, 언니가 열 살 때였어요.

정원에서 놀고 있는데 아버지 서재 창문 너머에 처음 보는 남자애가 있었어요.

새하얀 셔츠를 입은 그 아이는 아버지에게 뭔가를 배우는 것 같았어요. 총명해 보이는 눈빛이 인상적이라, 저는 나무 그늘에 숨어서 몰래 바라봤어요.

약간 곱슬거리는 머리카락이 이국적이었고, 또렷한 이

목구비는 마치 조각상 같았죠.

그 애는 열두 살이었고, 아버지의 중요한 거래처 자제였어요. 아버지는 여러 나라 말을 잘하셨는데, 그 아이가 스페인으로 유학을 가게 되자 간단한 강의를 해주신다고 들었어요. 오늘부터 딱 세 번, 토요일 오후에만 온다고요.

"공부하는 거니까 방해해서는 안 된다."

어머니는 그렇게 말했죠. 물론 방해할 생각은 없었어요. 함께 놀고 싶다는 생각도 못 했죠. 그저 저라는 존재를 알리지 않고도 그 멋진 애를 또 바라볼 수 있다는 게 기뻐서 돌아오는 토요일을 손꼽아 기다렸어요.

세 번째 토요일도, 저는 정원에서 몰래 그를 바라보고 있었어요. 계절은 봄이었고, 정원에는 꽃이 가득 피어있었죠. 손질된 화단의 꽃도 예뻤지만, 저는 잔디밭 구석에 자유롭게 자란 야생화가 더 좋았어요. 그 꽃들은 저희 자매가 아무리 꺾어도 혼나지 않았거든요.

팽이꽃, 냉이꽃, 민들레, 토끼풀.

서재 창문 너머의 그 아이를 떠올리며, 저는 야생화로 화관을 만들었어요. 그가 절대 알 수 없게, 제 마음을 숨긴 채로.

그때, 언니가 다가왔어요.

토요일 오후, 언니는 발레 수업이 있어서 늘 집에 없었거든요. 그런데 선생님에게 일이 생겨서 그날만 일찍 돌아온 거였어요.

"얘, 쟤 멋지다."

언니가 서재에 있는 그를 발견하고 창가 쪽으로 다가가려 하자, 저는 필사적으로 막았어요.

"엄마가 방해하지 말라고 했잖아."

사실은 구실이었어요. 제 안에만 간직하고 있던 작은 행복을 언니에게 들켜 깨질까 봐 당황했던 거죠.

어릴 때부터 그랬어요.

언니는 늘 자유롭고 자기 멋대로 행동하면서도 사랑받는 딸이었어요. 언제나 화사하고 명랑한 얼굴 덕분에 주변 사람들의 마음을 여는 힘이 있었어요. 반면 저는 특별한 매력도 개성도 없어 부모님께서 늘 엄격하다 못해 차갑게 대하셨죠.

"방해 안 해."

언니는 조금 토라진 표정으로 꽃밭으로 가더니 야생화를 마구 꺾어 꽃잎점을 보기 시작했어요.

"좋아한다, 싫어한다, 좋아한다, 싫어한다, 좋아한다, 싫어한다……"

중얼거리며 꽃잎을 획획 떼어내던 언니가 마지막에 웃으며 말했어요.

"좋아한대."

마침 서재에서는 강의가 끝난 듯 보였어요. 세 번째이자 마지막 수업이라 그런지, 할머니도 서재에 와서 함께 화기애애하게 이야기를 나누고 있었죠.

그때 언니가 제 손에 있던 화관을 확 낚아채더니 그대로 서재 쪽으로 달려갔어요. 저는 너무 놀라 언니를 말리지도 못한 채 얼른 나무 뒤에 숨었어요.

순간 부끄럽기도 하고, 언니와 비교되는 게 싫기도 하고, 또 제가 몰래 그를 지켜봤다는 걸 들키면 창피할 것 같았어요. 나뭇가지 사이로 몰래 살피는데, 아버지가 창문을 열고 언니를 맞이하고 있었어요. 언니는 살짝 발꿈치를 들어 아버지 옆에 있던 그 아이의 머리에 화관을 씌웠죠. 순간 전율처럼 온몸에 떨림이 지나갔지만, 저는 우두커니 그 광경을 바라볼 수밖에 없었어요. 화관을 쓴 채 언니에게 웃어주는 그의 모습은 정말 그림책 속 왕자님 같았거든요.

저는 그때 완전히 마음을 빼앗겼고, 그게 사랑이었음을 깨달은 건 한참 뒤였어요. 물론 그 후로도 계속 그만 생각하며 살았던 건 아니에요. 그 봄날의 기억은 그저 어린 시절의 강렬한 추억으로 마음속에 조용히 묻혀있었죠.

그런데 부모님에게 혼담 이야기를 들었을 때, 상대가 그 사람이라는 사실을 알고는 한번 만나보고 싶었어요. 그에게는 첫 만남이겠지만, 제게는 첫사랑이었으니까요.

결국 한 번은 만나보겠다고 승낙했고, 상견례 자리에는 양가 부모님과 조부모님까지 동석했어요. 그는 어린 시절의 분위기를 그대로 간직한 채 훌쩍 어른이 되어있었고, 그 모습이 제 마음을 또 뒤흔들었죠. 더 알고 싶다, 더 만나보고 싶다는 생각이 들었어요. 비록 정략결혼이고, 언니의 대타라는 사실이 마음에 걸려도요.

식사 자리 후 며칠 뒤, 할머니가 저를 따로 부르셨어요. 상대 쪽에서 이 결혼을 꼭 진행해 달라고 부탁했다고요. 뺨이 달아오른 채 고개를 숙이고 있는데, 할머니께서 무거운 표정으로 말씀하셨어요.

"한 가지, 꼭 전해줄 말이 있다."

제가 고개를 들자, 할머니가 심각한 얼굴로 말을 이었어요.

"그 도련님이 너를 '화관을 준 아이'라고 하더라. 첫사랑과 결혼한다니, 드라마 같다고."

그 말을 듣고는, 마치 몽둥이로 머리를 얻어맞은 것처럼 정신이 아득해졌어요. 저도 모르게 이마를 감싸 쥐었죠.

화관을 준 애. 첫사랑······.

할 말을 잃은 내게 할머니는 다시 못을 박더군요.

"아무래도 아미랑 착각한 모양이야. 나도 기억나. 아미가 정원에서 달려가서 도련님 머리에 화관을 씌웠지. 나도 그 장면이 참 예쁘다고 생각했어. 그게 첫사랑이라면, 얼마나 낭만적이니?"

할머니는 만족스럽게 고개를 끄덕이고 계속 떠들었어요.

"뭐, 어쨌든 덕분에 혼담이 물 흐르듯 진행되면 감사한 일이지. 언니는 해외로 도망가고, 넌 가출해서 밤의 세계로 들어가 버리고······ 극비로 묻어둬야 할 일들이 너무 많아 골치가 아팠는데, 이번 기회에야말로 좀 안심이 된다. 우리 기울어진 집안을 이 혼인으로 겨우 일으켜 세울 수 있을 테니."

그의 친척들에게는 언니가 부잣집 남자와 결혼해서 해외로 나갔다는 식으로 알려져 있었고, 저는 취직도 하지 않고 집에서 신부 수업만 받으며 조용히 지냈다고 포장해 두었었어요.

"잘 들어둬. 앞으로도 그렇게 알고 있어야 해. 도련님에게 화관을 씌운 사람이 아미가 아니라 너였다고 말이야.

이 중에 한 가지라도 진실이 새어 나가면 이 좋은 혼담도, 거래도 다 무너진다."

결국 저는 진실을 숨긴 채, '새로운 이야기'를 받아들이고 그 세계에서 살아가도록 강요당했어요.

그렇게 결혼을 전제로 한 교제가 시작됐죠.

그와 나는 서로의 마음이 이끌리는 듯한 이상한 감정에 빠져 사랑했어요.

마치 꿈을 꾸는 것 같았어요. 한없이 대화를 나눌 수 있었고, 조용히 서로를 바라보는 것만으로도 행복했어요.

하지만 그가 가끔 화관 이야기를 꺼낼 때면 저는 애써 웃으며 말했어요.

"그 얘기는…… 하지 말아 줘."

"왜?"

"부끄러워서……. 그냥 내 마음에만 간직하고 싶어."

그는 살짝 웃으며, 제 말을 순진하게 받아들였어요. 아마 '마음속에 간직한다'는 말이 로맨틱하게 들렸겠죠. 그 뒤로 우리 사이에 화관 이야기가 다시 나오지는 않았어요.

그는 부드럽지만 열정적인 사람이었어요. 늘 저를 곁에 두고 싶어 했고, 저는 그 마음이 고마웠어요. 하지만 사랑이 깊어질수록, 마음 한켠에선 먹구름 같은 불안이 피어올랐어요.

언제까지 이 행복이 계속될까. 나 같은 사람이 과연 이 사랑을 받아도 되는 걸까.

이 모든 게 언젠가는 무너지고 말 거라는, 음울한 예감이 가시질 않았어요.

그리고 그 예감은 결국 적중했어요.

오늘, 양가 가족이 모인 자리에서 그의 친척이 허둥지둥 나타나 모든 진실을 밝혀버린 거예요. 언니가 도망쳤다는 것, 제가 가출해 호스티스로 일했다는 것. 흥신소에서 조사한 결과였어요.

"……거짓말을 했다고?"

그의 아버지는 분노로 떨리는 목소리로 물었어요. 자매의 사정보다는, 모두가 한마음으로 거짓말을 꾸며냈다는 사실이 더 큰 죄였겠죠.

부모님은 허둥지둥하며 변명만 늘어놨고, 할머니는 그 자리에서 쓰러졌어요. 하지만 제 마음은 오히려 차분했어요.

이제 끝이구나. 이미 이렇게 될 거라는 걸 알고 있었으니까요.

저는 모두를 뒤로하고 달리기 시작했어요.

이번에야말로 집을 떠나야겠다. 그를 잊자. 다시 혼자로 돌아가자. 예전처럼 그렇게 결심했어요.

그런데 갑자기 뒤에서 누군가 제 팔을 꽉 잡았어요. 돌아보니, 그 사람이었어요.

"사나, 기다려. 얘기 좀 하자."

저는 몸을 움츠렸어요.

그가 대체 어떤 말을 할까. 나는 뭐라고 대답해야 할까.

역시 다시 만나서는 안 됐어요. 차라리 어린 시절의 기억으로만 묻어두었더라면……. 주위 사람을 괴롭히지도, 제 마음이 이렇게 부서지지도 않았을 텐데.

하지만, 이제야 말할 수 있겠다는 생각이 들었어요.

아무리 뛰어난 흥신소라도 아직 밝혀내지 못한 진실이 하나 있죠.

당신의 첫사랑이 아니라, 미안해요…….

사나의 이야기를 들으면서, 나는 맞장구조차 칠 수 없었다.

소설 속 인물에게 감정이입하듯, 사나의 이야기가 내 일처럼 느껴졌다. 그녀의 상황과 생각이, 나와 너무도 닮아있었기 때문이다. 마치 극장 관객석에 앉아있는 듯한 기분이었다.

나도 몇 번이나 생각했다.

그때 로비에서 도모하루에게 다가가지 않았다면, 그저 팬으로서 즐거운 추억만 간직했더라면.

문득 기요스케 씨의 말이 더 또렷하게 되살아났다.

"연기는 말이야, 관객석에서 제일 잘 보이지. 무대에 선 우리는 잘 몰라."

사나라는 연기자가 보지 못하는 풍경이, 관객석의 내게는 너무나도 분명히 보였다. 그녀에게 공감하면서도, 동시에 그 남자의 마음을 상상할 수 있었다.

그가 어린 시절의 한 장면을 그토록 드라마틱하게 여긴 건, 어쩌면 자신의 인생을 아름답게 채워주는 장식 같은 의미였을지 모른다.

하지만…… 그 기억에 집착하며 매달린 사람은, 그가 아니라 사나였다. 그것도 언니를 향한 복잡한 감정 때문이었을 것이다.

나는 물을 한 모금 마신 뒤, 천천히 입을 열었다.

"그 사람은 네가 떠나려 할 때, 다시 이야기를 하자며 따라왔잖아."

"……네."

"그럼, 이야기를 했어야지. 그 사람한테도, 너 자신한테도. 그리고 둘 사이의 진짜 이야기를."

사나는 고개를 들어 나를 바라봤다. 나는 그녀의 눈을 똑바로 응시했다.

"그 사람은, 어른이 된 네 모습을 보고 사랑했을 거야. 오늘까지 함께 보낸 시간이 그걸 증명해 주는 거잖아."

그 말을 건네는 내 목소리가 마치 다른 사람의 것처럼 들렸다. 사실 그 말은, 나 자신에게 던지는 말이기도 했으니까.

나 역시, 그 옛날 멀리서 바라만 보던 '갓파 청년'을 마음에 담아둔 것에서 끝나지 않았다. 지금, 내 앞에서 숨 쉬고, 하품하고, 농담하고, 웃고, 화내는 진짜 도모하루를 사랑하고 있었다.

[오늘 밤, 만날 수 있어요?]

무서웠다. 도모하루가 과연 무슨 말을 할까.

하지만 그는, 적어도 어색한 채로 끝내려 하지는 않았다. 앞으로 어떻게 되든, 나와 마주 보고 대화하려 하고 있었다.

사나의 눈동자가 흔들렸다.

"저, 그 사람하고는 어울리지 않는 사람이에요."

나는 고개를 저으며 말했다.

"그 사람이라면 아마 이렇게 말할 거야. '그건 내가 정할 문제'라고."

겁쟁이였던 나 자신이 떠올랐다. 나이, 외모, 성격…… 모든 열등감을 숨기려고, 그의 앞에서는 결코 벗을 수 없었던 갑옷.

'리요 마마'도 아니고, 그렇다고 '아리스'도 아닌, 그저 살아있는 한 사람으로서의 나를 도모하루에게 보여주는 일조차 두려워했던 나.

사나는 잠시 허공을 바라보다가 낮게 중얼거렸다.

"……한 번만 더, 그 사람과 이야기하면 달라질까요?"

"응. 무엇보다 네가 변할 수 있을 거야. 어떤 결과가 오더라도."

나는 단호하게 말했다.

순간, 사나의 굳었던 표정이 살짝 풀어졌다.

사나도 알고 있었을 것이다. 이미 답은 마음속에 있었고, 그저 누군가가 등을 밀어주기를 바랐을 뿐이라는 것을.

그녀는 벽시계를 힐끔 바라봤다. 아날로그 시계의 바늘

이 4시 50분을 가리키고 있었다.

"아, 벌써 이렇게 시간이……."

사나는 천천히 자리에서 일어섰다. 그제야 상반신만 보였던 드레스의 전체 모습이 눈에 들어왔다.

눈부시게 흰 머메이드 드레스 자락.

"오늘, 사실 결혼식이었어요."

사나의 말에 나는 깜짝 놀라 눈을 크게 떴다.

그녀가 입고 있었던 건 웨딩드레스였다.

"결혼식장으로 긴자의 교회를 5시까지 빌렸어요."

사나는 살짝 목을 움츠리며 말했다.

"교회 신부 대기실에서 준비하고 있었는데, 친척들이 소동을 피우는 바람에…… 아마 파혼이 됐을 거예요. 오지王子 가문 사람들은 아무도 오지 않겠죠."

오지 가문? 왕자라고?

"그 사람 성이 혹시, 한자로 왕자王子라고 쓰는 오지야?"

내 질문에 사나는 살짝 고개를 끄덕였다.

드레스에 장식된 라인 스톤이 은은하게 빛났다.

"……멋진 드레스네."

내가 조용히 말하자, 사나는 몸을 반쯤 돌려 치맛자락을 살포시 흔들어 보였다.

"드레스를 입어볼 때 그가 이게 좋다며 골랐어요. 마치 인어 같다고. 그리고 나를 꼭 안았어요. 사랑스러운 나의 인어. 자기는 이름 그대로 왕자님이 되어주겠다고 했어요."

사나는 소녀처럼 순진한 미소를 지으며 말하고 눈물을 지었다.

"오늘, 그 사람이 내 팔을 잡고 이야기하자고 했을 때 저는 이렇게 말했어요. '안데르센의 그 이야기에서는 인어공주와 왕자는 이어지지 못했어. 그러니까 이게 맞는 결론이네.'……그리고 그의 손을 뿌리쳤어요. 어떻게 해야 좋을지 몰라서 그냥 도망쳤어요. 지갑도, 핸드폰도 없이요. 갈 데가 없어서 요코야 씨가 가게를 열 때까지 비상계단에 숨어있었어요."

요코야 씨가 알려준 인터넷 정보가 떠올랐다.

긴자 거리에, 인어가 도망쳤다.

그건…… 그건, 사나와 그 사람이었나? 그 사진 속 남자의 의상도 결혼식에서 완벽한 왕자가 되려고 입은 건가?

교회는 주오도리에서 한 블록 들어간 골목에 있다. 크로노스에서 아주 가깝다. 세상을 떠들썩하게 한 인어는 그리 멀리 가지 못하고 가만히 웅크리고 있었다.

"교회로 돌아갈래요. 그 사람이 기다리고 있지 않더라

도요."

사나는 딱 잘라 말하고 매끄럽게 헤엄치듯 대기실에서 나갔다. 나도 그녀를 배웅하려고 뒤를 따랐다.

사나가 크로노스를 그만둔 건 딱 1년 전이었다. 특별한 이유를 대지 않았고 딱히 가게에서 문제가 있었던 게 아니어서 그저 그만두고 싶어졌나 보다고 생각해 나도 깊이 생각하지 않았다.

그 후로 서로 연락한 적이 없기에 나뿐만 아니라 가게 직원들조차 사나의 사정을 몰랐을 것이다. 오늘 오랜만에 이곳에 나타난 사나를 보고, 요코야 씨는 걱정스러운 마음에 바로 나에게 연락했을 것이다.

종종걸음으로 교회를 향해 달려가는 사나의 뒷모습을 바라보며 생각한다.

사랑하는 마음을 가슴에 묻고 살아도 그 자체로 아름다울 수 있겠지만, 그래도…… 아무래도 역시!

인어공주가 발을 얻어 육지에 올라와 왕자님과 다시 만날 수 있어서 정말 다행이다.

그 용기 있는 첫걸음은 절대 틀리지 않았다.

그 뒤에는 꿀처럼 달콤한 환희가 있고, 전전긍긍하는 고통도 있으며, 남모르는 자신과의 싸움도 있겠지.

하지만 그것이 누군가를 '사랑'함으로써만 얻을 수 있는, 각자가 가진 단 하나의 이야기라면, 그 자체가 우리가 이 세상을 살아가는 멋진 증거가 아닐까.

사랑하는 사람과 다시 만날 수 있어서 다행이다.

인어공주도, 사나도 그리고 나도.

운명을 건 그 발걸음을 스스로 내디딘 일을 한순간도 후회할 필요는 없었다.

주오도리에서 소식을 알리는 메가폰 소리가 들렸다. 웅웅대는 잡음과 함께 남성의 목소리가 퍼진다.

곧 보행자 천국 종료 시각입니다······.

경비원과 직원들이 나타나 거리가 소란스러워진다. 문득 뒤에 기척을 느껴 그쪽을 보고 놀랐다.

클래식한 왕자 스타일의 하얀 정장에 황금 왕관을 쓴 길고 검은 머리카락의 남성이 빌딩 벽에 기대어 거리를 바라보고 있다.

우수가 드리운 얼굴에 모든 걸 깨달은 듯한, 후련한 표정을 하고서.

"왕자, 님?"

저도 모르게 말을 걸고 말았다. 왕자는 내게 고개를 돌렸다.

"당신도 아나? 우리 이야기를?"

"네."

대답하면서도 마음이 급하다. 전해야 할 말이 있다.

"저기요. 이제 곧 5시가 돼요."

"……그런가?"

왕자는 고개를 끄덕이고 벽에서 몸을 뗀다.

"이제 가야지."

용감하면서도 촉촉한 눈으로 그가 말했다. 진심이 담긴 기도를 그에게 건넨다.

"부디 행복해요. 당신도, 주위 사람도 다. 기도할게요."

"고마워."

왕자는 맑은 눈동자로 나를 보고 깨끗한 미소를 보였다. 왜일까. 그에게는 뭔가를 끝낸 사람의 충만한 기운이 느껴졌다.

그는 호흡을 가다듬고 내게 말했다.

"앞으로는 당신이."

내가?

무슨 뜻인지 몰라 어리둥절해하는 나를 돌아보지 않고 왕자는 교회 쪽으로 달리기 시작했다. 사나에게 가는 것이다. 앞으로 둘은 또 새롭게, 재회의 재회를 하겠지. 그렇게 생각하니 따뜻한 마음이 차올랐다.

그 앞에 웨딩드레스를 입은 사나가 달리고 있다. 무릎 근처에서 확 퍼진 드레스 자락 탓에 진짜 인어 같다. 그 모습을 쫓듯 왕자님이 달린다.

교회 앞에서 사나가 갑자기 고개를 돌린다. 왕자님의 모습을 보고 순간 눈을 크게 떴다.

그러나, 왕자는 그대로 계속 달려 사나 옆을 순식간에 지나쳐 사라졌다.

사나도 바로 정신을 차린 듯 교회 문을 연다. 그곳에는 턱시도 차림의 남성이 기다리고 있었다. 사나를 보고 두 팔을 벌려 그녀를 맞는다.

어······?

사나의 그 사람은, 그 왕자가······ 아니야?

나도 얼른 주오도리까지 나와 모퉁이를 돈다. 긴자 욘초메 교차로 쪽으로 달리는 긴 머리의 왕자가 멀리 보였다.

정각 5시를 알리는 와코의 종이 댕, 댕 울려 퍼진다.

다섯 번째 소리가 하늘로 날아오른 순간, 와코 시계탑

아래에서…… 왕자의 모습이 사라졌다.

주오도리에 차가 밀려와 들어차기 시작했다. 도로 위에는 경찰의 삑삑거리는 호루라기와 완장을 찬 스태프들의 유도 소리가 뒤섞여 울려 퍼진다.

순찰차가 확성기를 틀어 보행자 천국의 종료를 알린다. 차도를 걷는 사람은 이제 아무도 없다. 환상 같았던 세계가 순식간에 일상으로 돌아왔다.

소음에 묻힌 현실에서 정신을 놓고 우두커니 서있다.

그 왕자는 누구였을까? 내가 잘못 본 건가? 착각?

교통을 정리하느라 아수라장이 된 이곳에서 사라진 왕자를 신경 쓰는 사람은 없다.

작은 떨림이 찾아와 저도 모르게 주먹을 꼭 움켜쥐었다. 더 힘을 준다. 손가락 끝에 가벼운 통증이 느껴졌다.

이유는 모르겠다.

유일하게 아는 사실은 지금 자신이 여기 있다는 것이다. 가슴 뛰는 심장을 갖고 땅에 발을 대고 이 세계에서 살고 있다는 것.

"앞으로는 당신이."

그 왕자의 말이 떠오른다.

앞으로는, 내가. ……내가, 할 일을.

핸드폰을 꺼낸다. 도모하루에게 전화를 걸어야 했다. 만나고 싶어. 당신을, 보고 싶어. 그렇게 답하려고. 확실한 자신이 있다. 그것은 겁 많은 자신을 지키려는 갑옷을 갖추는 게 아니다. 갑옷을 벗을 때 비로소 제대로 내세울 수 있는 것이다.

오늘 밤 만나면 차일지도 모른다.

그러나 아직, 그에게 좋아한다는 말을 전하지 못했다.

말하고 싶다. 제대로 전하고 싶다. 스스로 봉인한 나만의 목소리를.

지금은 여전히 비틀거리는 이 다리로 다시 걸음을 내디디며 계속 걷기로 한다.

내가 선택한 나만의 길을, 확실히.

에필로그

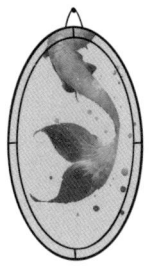

— 죄송하지만, 당신은?
"왕자입니다."
— 왕자? 오늘은 무슨 일로 이곳에?
"내 인어가 사라져서……."
— 인어가.
"……도망쳤소, 이곳으로."

오늘 정오, 제가 운영하는 갤러리 갤러리 우즈에 문을 열고 조용히 들어온 왕자는 조금 창백한 얼굴이었습니다. 안쓰러운 마음에 저는 일단 그를 카우치 의자에 안내했습니다.

"어서 앉으세요."

왕자는 조금 안도한 듯 천천히 몸을 기대며 앉았습니다.

"안데르센의《인어공주》에 나오는 왕자님이시죠?"

제 말에 왕자는 고개를 끄덕이더니 긴 다리를 꼬고 의자에 몸을 기댔습니다.

긴자의 노포들 사이에서 은밀히 전해지는 이야기입니다만,

보행자 천국이 열리는 시간, 와코 시계탑에 생기는 시공간의 틈을 통해 아주 가끔 이야기 속 인물이 현실 세계로 숨어든다고 합니다.

사람들이 소설을 읽거나 연극, 영화를 보며 잠시 현실에서 벗어나 허구의 세계에 마음을 맡기듯이, 그 반대의 일도 일어날 수 있다고 합니다.

그 정도의 일은 일어나죠. 이 긴자라는 거리에서는.

왕자는 깊은 한숨을 내쉬었습니다.

"아무것도 모르고 태평하게 지내는 왕자로 지내는 게 조금 피곤해졌어. 난 나름대로 왕녀와 다른 형태로 그 애를 무척 사랑했는데……."

"왕자님, 그 마음은 잘 압니다. 인간이 만드는 이야기는 언제나 등장 인물에게 어떤 형태로든 고난을 주죠. 그러지 않으면 장면이 전개되지 않으니까요."

"아무리 그래도 안데르센이 《인어공주》라는 동화를 쓴 지 200년 가까이 되었어. 그동안 난 내내 배 위에 서있는 것부터 시작하고 사랑스러운 인어가 사라진 지점에서 멈춰있다고……. 사람들에게 읽힐 때마다 수없이 계속해서."

한 번 태어난 이야기는 영원한 영혼을 가진다고 합니다. 이야기를 읽고, 전하며, 듣는 사람이 있는 한 말입니다. 사람들의 해석과 상상, 그리고 시대의 흐름에 따라 창작물의 줄거리는 끊임없이 변합니다.

《인어공주》도 그렇게 조금씩 변화하며 인간 세상에 살아남은 명작 중 하나가 되었지만, 온갖 사람이 손을 댔음에도 불구하고 왕자의 캐릭터나 행동은 크게 달라지지 않았습니다.

"너무 긴 시간이라, 이제 나도 한계야……."

왕자의 얼굴에는 고뇌가 깊게 드리워졌습니다.

"그래서 나도 도망쳤어……. 이곳으로 도망쳤어. 사랑하는 내 인어가 사라진 게 너무 슬프고 힘들어서."

그렇습니다. 긴자 거리로 도망친 것은 인어가 아니라 동화 속 세계에서 살아온 왕자였습니다.

왕자는 영원히 현실 세계에 머물 수 없다는 것을 알고 있습니다. 보행자 천국이 열리는 정오부터 오후 5시까지, 단 다섯 시간 동안만 그가 머물 수 있는 것입니다.

책을 펼쳤다가 닫는다. 극장에 들어가고 나온다.

책에는 마지막 페이지가 있고 연극도 결국은 막을 내립니다.

인간들이 창작 세계에서 현실로 돌아오듯 당연하고 단순한 이야기죠.

왕자는 다리를 바꿔 꼬며 평온하게 말했습니다.

"여기 처음 와봤는데 정말 좋은 곳이야. 동화 세계에서 들은 말처럼 긴자 보행자 천국은 아름답고 반짝여. 걷는 사람들은 자유롭고 즐거워 보이더군. 마음을 알아준 다정한 청년과 불가사의할 정도로 열심히 질책하고 격려하는 아가씨도 만났어."

오호! 그렇다면!

왕자가 이곳에서 위로받고 용기를 얻게 된다면 다행이지.

저는 아주 기뻐하며 생각했습니다.

왕자는 살짝 고개를 기울였습니다.

"그런데 《인어공주》 동화가 이렇게 많은 사람에게 알려져 있다니 놀랐어. 안데르센도 자신이 이렇게 유명해질 줄은 몰랐을 거야. ……그만큼 나도 우둔한 왕자로 영원히 남아있겠지."

저는 고개를 흔들었습니다.

"그렇지는 않습니다. 《인어공주》에 깊은 관심을 지닌 작가가 언제 어디선가 당신을 행복한 소설 속에 등장시킬지 모릅니다. 그러면 왕자님은 안데르센 동화와는 다른 새로운 이야기에서 살 수 있죠."

그러자 왕자의 눈동자에 별 같은 빛이 켜졌습니다.

"그렇지. 그러면 좋겠지……. 내 바람을 그에 맡기고 오늘의 한때를 즐겨야겠어."

"네, 맞습니다. 5시까지 카페에라도 가서 즐기고 번화가의 북적임을 구경해 보세요."

애써 왕자에게 힘을 실어주었는데…….

왕자는 그림 수집가 남성의 신랄한 이야기를 듣고 비통한 심정에 사로잡히고 말았습니다.

그 또한 특별한 일은 아닙니다.

인간이 창작물을 접할 때 기쁨과 즐거움만이 아니라 분노와 슬픔도 많이 느끼기 때문입니다.

틀림없이 그를 통해 저마다 무언가를 배우겠지요.

이후 왕자는 카페 파울리스타를 찾아가 케이크를 먹었다는 풍문도 저에게 들려왔습니다.

듣기로는 케이크와 함께 '커피와 카드' 점을 원했다고 하는데요, 그 안데르센이 '지혜로운 노파'에게 점을 봤던 것처럼 말입니다. 직원이 그 요청을 받아들였는지는 잘 모르겠습니다.

봄 햇살이 쏟아진 오늘, 긴자 보행자 천국에는 왕자 말고도 수많은 '손님'이 오신 듯합니다. 노포들은 나름대로 비결이 있어서 모두 그들을 소홀함 없이 대접했습니다.

헨젤과 그레텔은 기무라야의 단팥빵을 맛있게 먹었고, 라푼젤은 예쁜 머리 장식을 찾아 돌아다녔으며, 빨간 망토는 어떤 아줌마가 벚꽃이 조화임을 알려줘 열심히 관찰했다고 합니다. 교분칸에서 다양한 활자에 빠져있던 소년

조반니*, 가부키 극장에서 1막 관람석에서 찬합을 들고 무대에 감동한 우라시마 타로**…….

그런 일은 있을 수 없다고요?
그렇지만 당신도, 보세요!
바로 앞에 있는 사람이 꼭 현실 세계의 사람이란 걸 증명할 수 있나요?

SNS 트렌드에 오른 #인어가도망쳤다.
수많은 사람이 인어공주 이야기를 했습니다. 빈정거리기도 하고 웃기도 하며, 걱정하고 심각하게 그 모습을 생각하기도 했습니다. 그들이 내뱉는 소문의 소용돌이에 휘말려 인어는 달리고 헤엄치고, 어딘가에 몸을 숨기고, 때로는 기어서 앞으로 나아가고, 욕조에 몸을 담그고 웃기도 합니다…….

그 또한 인간이 마음대로 만들어낸 허구에 불과합니다.
그러나 오늘 하루, 틀림없이 여러분의 머릿속에는 긴자

---

* 《은하철도의 밤》 주인공으로, 아픈 어머니를 돌보다가 한 소녀와 환상적인 여행을 하고 돌아오는 소년.
** 일본 용궁 신화의 주인공으로, 거북이를 구해줬다가 용궁에 다녀오는 어부.

에필로그

거리에 인어가 도망친 걸로 남아있을 것입니다. 아무도 인어를 보지 못했더라도 누군가 한 사람이라도 화제로 삼았다면, 그 인어는 이 세상 어딘가에 존재하며 계속 살아갑니다.

아, 그리고 하나 더 말씀드리겠습니다.
현실 세계에도 복잡하기 이를 데 없는 훌륭한 이야기가 넘쳐납니다.
인간이 만들어낸 창조와 상상을 훨씬 뛰어넘는 멋진 일이 있습니다.
그러나 그런 사실을 모른 채 지내고, 사소한 오해로 시작해 크게 어긋나는 일이 얼마나 많은지요.
예를 들어, 이런 이야기가 있습니다.
스페인어를 배우려고 찾은 저택 정원에서 야생화를 꺾는 소녀를 발견하고, 풋풋한 사랑을 품은 채 창밖을 남몰래 바라보는 소년. 그 소녀의 언니가 화관을 소년의 머리에 얹어주며 "내 동생이 만들었어."라고 속삭인 일.
소년과 소녀, 둘 사이의 비밀이 밝혀지는 순간은……
지금부터일 것입니다.

그래서 말했잖아요?

마지막까지는 모른다고요, 이야기란 건 말이에요.

앗, 고양이가 그림 속으로 돌아간 것 같네요.

옮긴이의 말

허구와 현실이
맞닿는 불가사의한 공간, 긴자

 도쿄를 대표하는 명품 거리 긴자에 작은 소동이 일어난다. 서양의 화려한 예복 차림에 황금관까지 쓴 불가사의한 남성이 TV 프로그램 마이크 앞에서 자신은 왕자이고 도망친 인어를 찾고 있다는 황당무계한 말을 늘어놓은 것이다. 당연히 이 일은 큰 화제가 되어 SNS를 뜨겁게 달군다.

 그 긴자는 매주 토요일 정오부터 오후 5시까지 차량이 전면 통행 금지된다. 이른바 보행자 천국이 이루어지는 시간대에 다양한 사정으로 다섯 명의 남녀가 이곳을 걷고 있다.

 사랑하는 사람에 걸맞은 사람이 아니라는 사실에 고뇌

하는 청년, 성장한 딸을 떠나보내며 존재 가치를 잃은 외로운 어머니, 지나온 과거를 껴안지 못하고 후회하는 노인, 인정받고 싶은 소심한 작가, 어른인 척하며 사랑에서 도망쳐 온 여자까지 다섯 주인공은 저마다 품은 고민도 나이도 성별도 다르다.

이들은 긴자라는 공간 곳곳에서 화제가 된 왕자와 만나 대화를 나누며 다른 행동에 나서고 자신을 긍정하고 새롭게 결심하고 진실을 털어놓기로 마음먹는다. 또 동화 속 왕자를 위로하고 공명하기도 하고 때로는 반론하고 쓴소리를 늘어놓는다. 현실과 이야기가 서로 어울리며 서로에게 영향을 주는 순간에 우리 또한 입회한다. 다섯 시간 동안 벌어지는 작은 소동극은 우리를 불가사의한 체험의 장으로 이끈다.

또 이 작품은 인생을 살며 겪게 되는 사랑의 은유이기도 하다. 사랑하는 사람에게 프러포즈하려는 청년의 이야기로 시작해 사랑의 완성 앞에서 다시 혼자가 된 듯한 쓸쓸함에 사로잡힌 중년 여성이 등장하고, 뒤따라 뜨거운 사랑 끝에 결혼했으나 실패한 남성과 기대 없이 결혼해 담담하게 사는 남성의 이야기가 대비된 후 끝으로 다시 사랑 앞에 당당해지려는 젊은이들의 이야기로 회수된다.

이들 어딘가에 서있을 독자 역시 그들과 쉽게 공명한다.

《목요일에는 코코아를》,《고양이 말씀은 나무 아래에서》,《월요일의 말차 카페》 등 우리나라에도 이미 소개되어 잔잔한 감동을 선사한 아오야마 미치코 작가는 작가 생활 8년 차를 맞아 '이야기와 대면하는 이야기'를 쓰고 싶었다고 한다.

시작은 3년 전에 벌어진 황당한 사건에서 시작되었다. 반려동물로 기르던 비단뱀이 도망쳐 사라진 사건이 대대적으로 보도되었다. 매일 TV 프로그램에 뱀 전문가가 등장해 뱀이 어디로 도망쳤을지를 예측하는 등 국민적 화제를 모았는데 때마침 그 뱀이 사라진 동네가 작가가 사는 곳과 그리 멀지 않아 작가도 예의 주시했다고 한다.

편집자와 그 얘기를 나누던 중 '모두가 알지만 자세히는 모르는 생물이 도망친 이야기'를 쓰면 좋겠다는 말이 나왔고 그렇다면 그 생물은 인어라고 생각한 게 작품 집필의 계기가 되었다. 그렇다면 그 인어가 도망칠 장소는 어디일까? 작가는 자신이 처음 도쿄에 와 일한 긴자를 선택했다. 바둑판 모양으로 생긴 긴자는 모퉁이를 돌 때마다 전혀 다른 풍경이 펼쳐지는 거리이다. 시골에서 나온 작가에게 긴자는 불가사의한 일이 일어나도 이상할 게 없는 곳이었기에 인어와 가장 잘 어울리는 곳이었다(《분조》 2024년 12월호 인터뷰).

또 작가는 책 발간에 앞서 가진 인스타그램 라이브에서 지금 세계는 진짜 현실일까, 내 책도 정말 내가 쓴 걸까 의심될 때가 있다고 밝혔다. 이는 작품 주인공 중 하나로 등장하는 작가가 "어딘가 다른 공간에 완성된 소설이 있다. 나는 그것을, 어떤 형태로 받아 가르침을 받으며 옮겨 적는다."라는 말과도 일맥상통한다.

일상에 스며든 허구가 이 작품의 구상에 큰 영향을 주었다고 밝힌 작가는 긴자에 실재하는 가게나 인물과 그렇지 않은 것을 뒤섞어 현재와 허구의 경계를 일부러 무너뜨려 기이하고 신비한 공간을 우리에게 드러내고 그곳에 바로 우리 현실 이야기를 풀어놓고 있다.

민경욱

참고 문헌

《完訳アンデルセン童話集1》アンデルセン 著, 大畑末吉 訳, 岩波文庫

《人魚の姫》アンデルセン童話集1 アンデルセン 著, 矢崎源九郎 訳, 新潮文庫

《小さい人魚姫 アンデルセン童話集》アンデルセン 著, 山室静 訳, 角川文庫

《人魚ひめ》世界名作おはなし絵本 アンデルセン 原作, 末吉暁子 文, 三谷博美 絵, 小学館

《アンデルセンの絵本 人魚ひめ》アンデルセン 原作, 角野栄子 文, リスベート ツヴェルガー 絵, 小学館

《にんぎょひめ》はじめての世界名作えほん3 アンデルセン 原作, 中脇初枝 文, 谷口亜希子 絵, ポプラ社

《にんぎょひめ》せかいめいさくシリーズ よい子とママのアニメ絵本31 アンデルセン 原作, 平田昭吾 著, ブティック社

《にんぎょひめ》世界名作アニメ絵本8 アンデルセン 原作, 柳川茂 文, 宮尾岳 絵, 永岡書店

《アンデルセン自伝―わが生涯の物語》アンデルセン 著, 大畑末吉 訳, 岩波文庫

《アンデルセン》人と思想190 安達忠夫 著, 清水書院

《アンデルセン―世界じゅうで愛される〈童話の王さま〉》学習漫画 世界の伝記 立原えりか 監修, 堀ノ内雅一 シナリオ, 森有子 漫画, 集英社

《アンデルセン》まんがで読む知っておくべき世界の偉人 11 クォンヨンチャン 著, ビータコム 絵, 猪川なと 訳, 岩崎書店 (권영찬, 《Who 한스 크리스티안 안데르센》, 다산어린이)

《ザ・ラスト・ワルツ:姫という酒場》山口洋子 著, 双葉社

《銀座花族 1巻~5巻》つのだじろう 著, 主婦と生活社